# 傍若無人剣

南條範夫

# 傍若無人剣

## 一

　安江神社の拝殿の前で、殊勝げに両手を合わせて拝んでいた前田慶二郎利太が、拍手を打って、頭を下げると、すたすたと鳥居のほうに引き返してきた。

　馬の手綱をとって待っていた辰之助が、

「珍しく、ごていねいに拝んでおられたようですな」

「うん、欲ばって、だいぶ、お祈りしておいた」

「はあ」

「まず第一に、前田家の武運長久」

「ご奇特なことで――」

「ところがいかん。祭神のたまわくだ――利長のごときぼんくらが跡継ぎでは、前田家の武運はなはだおぼつかない。なにゆえ、利太のごとき豪傑をあとがまにせぬか――」

「はあ」

「次に、関白の小田原攻め、なるべく失敗するように、と祈った」

「それは、また、けしからんことで」

「何がけしからん、合戦がうまくいかねば、おじきも、おれを呼ぶだろう」

「はあ」

「次に、もう一つ、祈った」

「はあ、もう、そのくらいにしておかれたほうが無難だと思いますが」

「ばかいえ、これがいちばんたいせつなのだ」

「はあ」

「金沢じゅうのべっぴんが、ことごとく、おれにほれるようにと、これは、一心こめて、祈っておいた」

「ふああ」

「少し歩く。馬をひいて来い」

慶二郎、先に立って、ぶらぶら歩きだした。五尺七、八寸もあろう。色白く、まゆ太く、目涼しく、なかなかの美男子である。

そのうえ、太守利家のおい、剣も戸田越後守一利（かずとし）に学んで無双の腕まえ。といって、ただの武芸一辺倒の無骨者ではない。堂上の公卿（くぎょう）について源氏物語・伊勢物語の秘伝を受け、和歌をよくし、能楽のたしなみも深い。

文武両道に達した、主君の一門の明朗な美青年といえば、一点非の打ちどころもないはずなのだが、いかにせん、非の打ちどころだらけなのである。

第一、恐ろしく短気で、わがままで、傍若無人、第二にひどく女が好きで、酒好きで、賭博（とばく）もきらいではない。第三になまけ者で、仕事がきらいで――家中の侍たちの非難を数えあげていくと、きりがないほどである。

だが、同じ家中でも、女のほうの評判は、必ずしも、悪くない。いつの時代でも、しゃちこばった秀才よりも、不良がかった明るい青年のほうが、女にもてるらしい。

その証拠に、安江神社の境内を出はずれるとすぐに、妙齢の娘が、ばたばたと走ってきて、呼びとめた。

「慶二郎さま」

「ほう、鶴江どのか。いつ見ても美しいな。とろりとして、目が溶けてしまいそうだ」

「おせじはやめてくださいませ」

「おせじ？　とんでもない。かりにも安江神社の前だ。神前でうそいつわりはいえるものではない。鶴江殿の美しいおもかげ、ねては夢、さめてはうつつ、片時もわたしの胸の中を去ったことはない」

「ならば、なにゆえ、昨日の約束をたがえられました？」

「昨日？　あっ——さようか、うむ、されば、その、なんだ、昨夕は何やら急に寒けがして、頭痛がして、四肢わなわなとうち震い、熱病におそわれ、腹をくだし——」

「それで。よく。川西さまのお屋敷で、照代さまの琴をお聞きなされましたこと」

「たっ、ご存じか」

「昨日は必ず、父に申し入れてくださるとのお約束、七つ（午後四時）から四つ（午後十時）まで、息をこらして待っておりました」

「なむさん、これ鶴江殿、泣くではない。美しい娘御の涙をみると、心やさしき慶二郎の胸は、はりさけそうじゃ。や、昨日は、あとで気がついたのだが、日が悪い、めでたい申し入れには、ふさわしからぬと思うて」

鶴江の肩に手をかけ、女の細いなで肩を、自分の広い胸に抱きよせた。

「知りませぬ、憎らしいかた！」

恨めしげにいったものの、男の両腕の中にかかえられると、もう憤りに燃えていた顔が、たあいなく、くずれて、甘えるように、すがるように、やわらいでいった。

「だんなさまっ」

辰之助の奇妙な調子の声に、ふりかえった慶二郎が、鶴江のからだをパッと突き放した時、木陰から走り出た、これは十七、八とみえる娘がある。

「慶二郎さま」

「おっ、房代どの、これは、妙なところで。先日は、その、なんとも——」

「慶二郎さま、そのかたは、どなたです」

「はん、あ、この娘御か。これは、つまり、その、わたしの、いわば、まず、親戚のようなものだ」

「わたしは、あなたの何でございます」

「なに、房代どのか。それは、何も、いまさらいわんでも、わかっておるではないか」

「いいえ、はっきりいってくださいませ。誓って、未来永劫、わしの妻じゃ――と。このあいだの晩のように、はっきりと、いってくださいませ」

「これ、房代どの」

「もし、慶二郎さま」

鶴江が、きっと頭をふりあげ房代をにらんで叫んだ。

「このかたは、何でございます、あなたの妻だなどと。妙なことをいわれまする。あなたはたしかに、わたしをめとってくださると、あれほど堅く契られたはず。昨夕は、父のもとに――」

「慶二郎さま、これはどうしたことなのです。さあ、はっきりさせていただきましょう。この気の狂うたようなおなごと、わたしと、いったいどちらが、本当のことをいうているのでございます、え、慶二郎さま」

慶二郎のそでをとらえた房代の両眼がつり上がった。かねて知る恐るべきヒステリーの襲来の前兆である。

「た、た、た、た、まず気をしずめられい。おなごの身であられもない」

「いえ、慶二郎さま」

「慶二郎さま、くやしい！」

「や、これには、いろいろと——、こら、辰之助」

時々あることらしい。心得た辰之助が、つつつと馬を近づけると、慶二郎すばやく、両方のそでを握っていた鶴江と房代のふたりの手をふり離し、ひらりと、馬に飛び乗った。

「子細はいずれ、のちほど。慶二郎、これよりのっぴきならぬお上のご用。ごめん！」

パッと馬側をけって、いちもくさん。

※　※　※

犀川の水は、清冽である。

城下の南方を流るること三十二町、石川郡金石村で、海にはいるまで、河水はなみなみと岸にあふれ、明るい時ならば、小さなさかなが、鋭く水底を走るのが見えるだろう。

月の下では、ただ、銀鱗のきらめくような波の帯が、岸に立った慶二郎の足もとまでつづき、ぬれた小石が、きらきらと光っていた。

「大胆なものだな、十六、七の小娘が、こんなところまで、やってこようというのは——どんな娘かな」

つけぶみの贈り主を想像して、慶二郎の大きなひとみが、少年のように楽しそうに微笑を浮かべ、下くちびるが、いたずらっ子のように突き出された時、

「うおっ」

獣のような叫びを発しながら、ぶつかってきたものがある。その手にした白刃

が、慶二郎の、はっとかわした右わき腹を流れた。

「ばかっ、何者だ」

と叫んだ時には、六、七人、黒い布で面をかくした者が、やいばを抜きつれて、慶二郎のまわりをとりかこんでいた。

「はは、これはたいへんな娘御だったな、なかなか水くきのあと美しく、名文だったので、ついのせられた。慶二郎一期の不覚——といいたいが、これからもちょいちょいありそうだ。遺恨の筋をいえ！」

「おのれの胸にきいてみらるるがよい」

正面の黒覆面が、ことさら作った声でいった。

「とんと、覚えがないな」

「恥知らずな！」

「これは驚いた。面をかくして、やみ討ちをかける連中が、恥を知る武士ということになるのかな」

「慶二郎殿、さらばいうぞ。殿のご一門をかさにきて、日ごろよりわがままほうだい——」

「目にあまるとあらば、おじ利家がみずから処分するだろう」

「殿の小田原ご出陣中、役目をないがしろに、遊びくらし――」

「合戦は小田原だ、ここで肩いからせていてもしかたがない」

「家中の婦女子を誘惑し、みだらな所業、いささかも改まらず――」

「はは、それか、本当の理由は。なんだ、娘御にもてぬかたがたのやきもちか」

「黙らっしゃい。いかに主君の一門とて見過ごし出きぬ暴言、悪業。家中の武士にも骨のあることをお見せしよう」

「とくと、拝見しよう」

「おのれッ」

右側のひとりがけさがけに斬ってかかるのを、つつと、右へかわしざま、右手で大刀をさやごとつき出し、つかの先で、相手のひじをしたたかについた。

「本間流だな、少々、間をつめすぎたようだな、はは」

笑った時には、慶二郎の手にも、白刃が抜き放たれていた。

「くそっ」

まっこうからたたみかけてくるのを、さっとはずし、くずれた相手の弱腰を、はったとける。

「一羽流とみた。腰のかまえが足らぬ、お次は――」

「くたばれッ」

瞬時、慶二郎のしゃくしゃくたる態度にのまれて、棒立ちになっていた黒覆面の中のふたりが左右から、同時に斬りつけた。

たっと、身を沈めて、ふたりの間を前方に、一間ほども飛びのいた慶二郎が、くるりと身をかえして、

「双方とも、有馬流か。それでは大和守（有馬乾信）に笑われようぞ」

川の流れを背にして、にこりと笑った。

「はは、その腕では、まだ。この慶二郎は斬れないな。今度は、わたしのほうで富田流の極意をみせてやろう。あいにく、夜で、こまかいところは見えまいが、後学のためだ、よく身にしみて覚えておくといい」

正眼に構えて、ぐいと一歩進むと、半月形に取り巻いた一団が、たっと、一歩、輪をひろげる。

「よいか。ゆくぞ」

慶二郎の右手が、月光の中に、大きく半円を描いたとみるや、銀色の剣先が、さらに大きく弧を描いて、

「うあッ」

正面のひとりが、肩を押えて、うしろによろめいた。

「見たか――明車剣」

あっと、息をのむひまもなく、正眼におさまった剣が、ふたたびいなずまのように走って、右手のひとりの手にした剣が、空を飛び、音をたてて、じゃりの上に落ちた。

「電光剣――しかと覚えておけ」

次の瞬間、上半身を前に倒した慶二郎のからだが、跳躍して、白刃が横にないだ。

ひとりつづいてまたひとり、いつ、どこを打たれたとも見きわめのつかぬうちに、よろめいて、片ひざをつく。

「払い車の秘剣――みごとなものだな」

一歩退いて、構えを直したとみるや、次の瞬間左手の男が、小手を打たれて、

ポロリと剣をおとした。

「これは裏の一手——独妙剣だ」

ふたり、無傷で残った相手が、恐怖の色を、黒布の間からのぞかした双のひとみに浮かべ、じりじりとさがっていくのを見ると、慶二郎は、ぴたりと、刀をさやに納めた。

「ここらでいいだろう。はは、皆、峰打ちだ。二、三日痛むかもしれぬが、生命に別条はない。も少し修業せねば、戦場での役にはたちそうもないな。だいいち、その腕では、残念ながら、女もほれぬ」

いいすてて、すたすたと立ち去って行ったのである。

※　※　※

小田原から凱旋してきた前田利家が、慶二郎を呼びつけた。

「おじうえ、おめでとうございます」

一応は、神妙に祝辞を述べた。

「うむ、さすが、名だたる北条だ、なかなか手ごわかった」

「はあ、わたしは、北条のふぬけぶりに、あきれていたのです、もっと勇敢にたたかって、サルめを困らせてくれるかと楽しみにしていました」

「こら、サルめとはなんだ、ことばをつつしめ」

「どうみたって、秀吉なぞ関白という柄じゃないでしょう。サルといったほうが似合います」

「雑言申すと許さぬぞ、殿下といえ」

「いやです」

「なに」

「あいつは、わたしの恋がたきです。あくまで、サルと呼んでやります」

「うーむ」

利家は、苦い顔をして、口をつぐんだ。

慶二郎が関白秀吉を恋がたきだというのは、それだけの理由がある。

利家の第三女おまあ――慶二郎にはいとこになるが、同時にその初恋の女である。幼いころからの親しみが、いつ間にか異性の間の思いに育っていた。

慶二郎十八歳、おまあ十四歳の時。

慶二郎もまだ、そのころは純情だった。おまあこそ、わが生涯の女と決めて、利家に願って出たのである。

「おまあを、わたしの嫁にください」

二つ返事で賛成してくれると思ったのが、

「それはだめだ」

「なぜです」

「おまあは、修理（柴田勝家）の一族の佐久間十蔵にめあわすことに、決めてある」

「体のいい人質ではありませんか」

憤然としてどなったが、当時としてはいかんともしようのないことだった。

その佐久間十蔵が、北ノ庄で、秀吉の軍に攻められ修理勝家と共に戦死したと聞いた時、慶二郎は、おどり上がってよろこんだ。

早速、利家のところに行って、同じ頼みを、今度こそ有無を言わさぬという意

気込みで、言い出すと、

「だめだ。慶二郎、済まぬがあきらめてくれ」

さすがに、利家も、きのどくそうにいった。

「ど、どうしてです」

「おまあは、筑前殿（秀吉）の望みによって、大阪へおもむくことになったのだ」

「筑前——あの男にはすでに内室があるではありませんか」

「側室だ」

「なに——」

サルめのめかけに——と、慶二郎、こぶしを固めて、利家をにらみつけると、ぷいとその場を立ち上がったが、それが奔放な慶二郎をつなぎとめていた最後のきずなの切れた時だったらしい。

それ以来、文字どおり、傍若無人、放埒無頼の生活がつづいているのである。

利家も、手をやきながら、思いきった処分ができぬ。もともと、前田家は、利家の兄で慶二郎の父である利久が継ぐべきものであるが、永禄十二年、織田信長の命によって、利家が家をついだ。

なんとか、つぐないはしてやりたい。佐久間十蔵が戦死した時、利家はただちに、おまあと慶二郎を夫婦にし、領地を分けてやることを考えたのだが、おまあを側室にという秀吉の希望をじゅうりんすることは、とうてい不可能であった。

かわいそうなことをした――という気があるので、まともに慶二郎をおこりきれない。

といって、家中の取り締まり上、あまりのほうずなことも許しておけないので、呼び出したのである。


「慶二郎、わしの不在中、ずいぶんとわがままいたしたらしいな」

「合戦があるというのに。国許に残されれば、少々気が荒くなるのは当然です」

「おまえのようなむちゃくちゃな男は、天下諸大名の集まるところにつれて行くわけにいかぬ。とんでもない恥をかく」

「はは、島津攻めの時はどうでした。この慶二郎のために、前田の家名が恥ずかしい目をみたとは思いませんが」

そのとおりだった。

秀吉の島津攻略に従った利家の長子利長の軍は、岩石城をからめ手から攻略することを命ぜられたが、名にしおう嶮難の要害である。

前田家の重臣である長九郎左衛門連竜、奥村助右衛門永福、山崎長門守一徳らが必死の猛攻もむなしく撃退されてしまう。

追っ手の攻撃軍は、蒲生氏郷である。

蒲生の勢に先を越されては、一期の恥辱と、利長があぶみをたたいて、馬をはせ、すでに討死の覚悟を決めた時、おどり出たのが慶二郎利太。

大荒目のよろいに、なし打ち頭のかぶとをかぶり、紺地に金泥で南無八幡と書いた大さし物をひるがえし、四尺の豪刀水車のごとくふるって、敵の城砦にとりつき、あれよとみる間に、おどり込んで、むらがる敵をなぎ倒す。

これに勢いを得て、しゃにむに攻めたて、つけ入って、ついに岩石城陥落。

慶二郎は、身に十数ヵ所の傷を負い、流るる血潮によろいは赤赫縅のごとく、差し添えの刀のさやも打ち砕かれ、草ずりちぎれて、さながら悪鬼のごとくになったが、おかげで利長の面目も立ち、

「さすが強豪前田のいくさぶり」

と、敵にも味方にもうたわれた。

それを言い出されては、利家もぐうの音も出ない。だいたい、小田原攻めに連れていかなかったのも、うっかりすると、自分のせがれの利長の影が薄くなりそうな懸念もあったからなのである。

「ことばが過ぎるぞ、慶二郎」

おじの権威で、ともかく、しかっておくよりしかたがない。

「はあ、つつしみましょう」

「ついでに、少し、身持ちもつつしめ」

「そんなに身持ちが悪いでしょうか」

「宗像備前の娘、飯尾吉則の妹、倉井佐渡の娘、下村久右衛門のめい——そのほか、忘れたが、十人近くの者に、夫婦の約束をしたというではないか」

「いや、約束したのではありません。いやおうなしに、させられたのです」

「ばかいえ」

「娘のほうでほれてくるのだから、なんともしかたがありません」

「こいつ、うぬぼれの強いやつだ」

「うぬぼれの強いほど、女はほれるものです。おじ上なぞ、少々それが足りないから、女にもてないのでしょう」

「何をぬかす」

「サルめに、おねね殿をとられたり——」

「こらッ」

利家がしぶい顔をして、苦笑した。

おじであり、藩主である利家にさえ、もてあまされているくらいだから、家中のもの一同、はれものにさわるよう――慶二郎は、それをよいことに、相かわらず傍若無人の生活を送っている。

## 二

あきれるほど酒におぼれ、賭博にふけり、女をくどくのだが、本人にいわせれば、むりに酒を飲まされ、賭博に引き込まれ、女にくどかれるのだと、しゃあしゃあしている。

さすがに、このごろでは、おなご衆のほうで、慶二郎のことばを真に受けなくなってきたし、藩士たちも、たずねていっても、あまりいい顔をしない。

その中で、たった一軒、いつでも大歓迎して、迎えてくれる家がある。

これも前田の一門で、組がしらをつとめている前田彦左衛門の一家である。せがれの重太郎は、慶二郎を藩中無双の剣士として尊敬しているし、ふたりの娘、小夜と早苗も幼い時から、兄のように慕っているのである。

「あんなによい人を、どうして、家中のかたがたは、目のかたきにして、悪口いうのでしょう」

妻の里枝も、不思議がっている。

それにも理由はあった。

慶二郎は、この一家に来ると、妙に神妙な態度で、世間並みの礼儀をつくすからだ。

特に意識して、そうしているのではないが、自然にそうなるのには、どうやら、小夜が原因らしい。

別に小夜にほれているわけではない。ただ、なんとなく、小夜を見ると、初恋のひと、おまあを思い出し、すれっからしの慶二郎の胸に、どこか残っている純情さが、すなおに、ふいと出るのである。

その彦左衛門の家に、きょうも、慶二郎が姿を現わした。

「重太郎、いるか」

かまわずにずかずかと内庭のほうへ回って、声をかけると、里枝が顔を出した。

「おや、慶二郎さん、しばらく見えませんでしたね。重太郎は、作事奉行所にご用があるとかで出かけましたが」

「いや格別の用事ではありません。おじうえは——」

と話していると、声を聞きつけて、彦左衛門が出てきて、

「おお、慶二郎、いいところに来てくれた。少々困っていたところだ。ちょっと相談にのってくれないかな」

座敷に通ると、彦左衛門と里枝が、そろって、ひどく心配そうな顔つきである。

「どうなさったのです」

「うむ、小夜のことだが」

「はあ」

「どうしても、いうことを聞いてくれないのだ」

「いったい、何のことです、それは」

「あ、まだ聞いていなかったか——殿から、小夜をお側に出すようにというご内意があったのだ」

「なに、それは——本当ですか」

「うむ、ありがたいご諚だから、即座にお受けしてきたのだが、小夜のやつ、どうした訳か、いやだというのだ」

「いやというのが、あたりまえでしょう」

慶二郎が、憤然としていった。いや、どなったといったほうがいい。

「えっ」

彦左衛門が、びっくりして、目をむく。

「小夜さんは、まだ十六でしょう、おじうえは——殿は、五十を越したじじいだ。そのうえ、ひげむしゃで、片目がつぶれている。いやがるのがあたりまえです」

「といって、相手は、殿ではないか」

「殿もくそもない。助平じじいです」

「これっ」

「いい年をして、年がいもない。お断わりなさい」

「ば、ばかな。かりにも主君のありがたいおぼしめしを、そんなことができるか。一家の誉れではないか」

「誉れ？　だいじな娘を、五十じじいの閨のもてあそび屯のに出すのが、何が、誉れです」

「慶二郎！　やめい」

「やめません、あの助平じじい」

「これっ、大きな声をするな」

「いや、金沢じゅうに聞こえるくらい、大きな声でどなってやります。助平殿さまが、年がいもなく、十六娘に――」

「これ、慶二郎、頼む、やめてくれ、慶二郎！」

彦左衛門も里枝も、あおくなって、止めにかかった。

「じゃ、断わりますか」

「そ、そんなことはできん」

「できんければ、このわたしが、断わってきてあげましょう」

「そんなむちゃなことをいうな。わしの立場を考えてくれ」

「いや、おじうえにはご迷惑がかからぬように、じょうずに断わってあげます。ごめん！」

「あ、これ、慶二郎」

「慶二郎さん、ちょっと待ってください」

ろうばいしている彦左衛門夫妻のとめるのをふり切って、慶二郎は、外に飛び出すと、ただちに城中へ向かった。

※　※　※

まだ江戸時代のようにしちめんどうくさい形式の整わなかったころだし、主君とはいえ、おじおいの仲だから、慶二郎は遠慮なく、利家のところにやってきて、

「おじうえ」

「慶二郎か、少しはおとなしくしているか」

「はい」

いつもと人が違うように殊勝な顔をして答えた。

「ほう、少々天気がおかしくなりそうだ」

「おじうえ、まじめに伺いたいことがあります」

「何だ」

「おじうえは、彦左衛門殿のところの小夜を、側女(そばめ)に出せといっておられるそうですな」

利家は、さすがに少々てれくさい顔つきをしたが、

「うむ、それがどうした」

「おやめになったほうがよいと思います」

「なに——よけいな口を出すな」

「いや、おじうえのために申し上げるのです。すでに、奥方のほかに、側室三人、六十近いおん身としては、少々過ぎます」

「黙れ。六十近くはない、五十六だ」

「たいした違いありません。色欲のみちに節制を守るのが、健康には最も大事――これは、このあいだ。おじうえがわたしに教えてくださったことです」

「ばかいえ。おまえのように、だれかれかまわず、若い娘とみれば手を出すのとは違う。政務の疲れをいやすためだ」

「なるほど――それなれば、やむをえません。しかし、小夜はおよしになったほうがよいと思います」

「おれの選む女に、いらぬくちばしをいれるな」

「おじうえが小夜を選んでも、先方は、おじうえを選みません」

「家中でおれの意思に反する娘はいないはずだ。だいいち。親の彦左がありがたくお受けしているのだ」

「彦左衛門はバカです」

「何？」

「小夜の心を知りません」

「では、おまえは、小夜の心を知っているというのか」

「はい」

「小夜が、いやだというのか」

「はい」

「けしからん、彦左を呼べ」

「いや、今申すとおり、彦左衛門殿は知りません。知っているのは、わたしひとり」

「うーむ。小夜に、隠し男があるというのだな」

「まず、そんなところです」

「何者だ、そやつ、ふらちなやつめ」

「はあ。わたしはまことに、ふらちなやつです」

「なに、慶二郎、おまえか、小夜の隠し男というのは」

「ご明察」

「うーむ」

利家が恐ろしい顔をして、慶二郎をにらみつけた。

慶二郎は、じーっと、その顔を見返していたが、

「おじうえ――」

「――――」

「全くふらちなやつです、わたしは。しかし、小夜に対する気持ちには、浮いたところはありません。おじうえ、お気づきでしょう、小夜は、おまあ殿に似ています」

――あ、そうか。

と、利家のいかついた目つきが、とたんに、ぐらりとゆらいで、とまどいするように、視線がそれた。

――こいつ、それほどまで、おまあにほれていたのか。

自分の娘に心底恋して、その娘を他人に奪われて、それ以来ぐれていた男が、まだその娘のことを忘れきれずにいるのだ、と思うと、利家も、そぞろに、慶二郎があわれになってきたのである。

「慶二郎、おまえの小夜に対する心に、偽りはあるまいな」

「はあ、誓って」

「今までの家中の娘たちに対するようなよいかげんな心ならば、許さぬぞ」

「決してそんなことはありません」

「よし、では、わしは小夜から手を引く」

「本当ですか、おじうえ」

「本当だ」

「ありがとうございます」

「これを機会に、少し心を入れかえて、まじめになれ」

「なります」

「明日、彦左に申し聞かしておく」

「はい、お願いします」

「――小夜は差し出すには及ばぬ。そのかわり、妹の早苗をさし出せ――とな」

「ええッ」

「政務の疲れをいやすためだ」

「うーむ、早苗はまだ十五です」

「若いほどよい」

「年寄りのひや水――あぶない、あぶない」

「ばかっ、さがれっ」

弱ったなと、頭をかかえた慶二郎が、彦左衛門の家にとって返して、

「おじうえ、ご安心なさい、小夜どのの側室の儀は中止になりました」

と、報告すると、彦左衛門夫婦はびっくりして、

「いったい、どうしたのです。殿さまご立腹でしたでしょう」

「いや、喜んでいました。若いほどいい、といって」

「なに？」

「小夜殿のかわりに、早苗殿を差し出せというお達しがあるはずです」

「そんなことをいって、早苗が、小夜と同じように、頭を横にふったら、どうするのです」

「はあ、そこまでは考えておりませんでした。本人に聞いてみてください」

早速、早苗を呼びよせて聞いてみると、いともむじゃきな顔で、

「まあ、お殿さまのお側に上がれるなら、こんなうれしいことはありませぬ」

「ははあ、さようか」

彦左衛門夫婦はもとより、慶二郎もいささかあきれて、互いに顔を見合わせたが、

「ま、とにかく、よかった。これで一安心いたしました」

里枝が、ホッとしたようにいった。

慶二郎は、少々、あわてて、

「いや、まだあります」

「は」

「小夜どのをお断わりするために、つい口がすべりました。済みません」

「え」

「小夜殿にはすでに契った隠し男あり――」

「なに」

「この慶二郎がその男だ――と、いってしまったのです」

「こら、慶二郎、いったい。なんということを言ったのだ」

「すみませぬ。つい、ふらふらと」

「ついふらふらで済むと思うか。そんなことが、殿のお口から一般に漏れたら、小夜はどこへも嫁入りできぬ。けしからん」

「なに、だいじょうぶです。この慶二郎のいうことなど、家中の者は、だれも本当にしませんん」

「うーむ。なんともあきれた男だ。家中のうわさもあまり信じていなかったが、どうやら本当らしいな、この分では」

「はあ。うわさ以上にあきれた男です。わたし自身があきれています」

※　※　※

三日ほどすると、慶二郎が、ふたたび、利家の前に伺候した。

「おじうえ、このあいだは、ありがとうございました」

「うむ」

「その節の、おじうえのご教訓、不肖慶二郎身にしみました」

「ほう」

「今後、すっかり身持ちを改め、まじめな人間になろうと思います」

「うむ、それはよかった。けっこうなことだ」

利家も、相好をくずして喜んだ。

「ところが、けっこうでないことがあります」

慶二郎が言いだしたので、利家は、またしてもこいつ、何を言い出すか、と警戒の色を浮かべる。

「何がいけないのだ」

「今までが今までです、わたしが心を改めようと思いましても、悲しいかな、家中のだれも信用してくれません」

「それはあたりまえだ。ふん、当然だろう。全く無理もないな、ふん」

「おじうえが、そんなに同感されては困ります。ふらちなおいですが、更生の第一歩をふみ出そうとしているこのけなげな慶二郎の心に免じて、なんとかご援助いただきたいと思います」

「どうしろというのだ」

「わたしの屋敷に、お成りいただきたいのです」

「ほう」

「そのおり、列座の若い者どもを相手に、武芸のわざを見せるよう、わたしにお命じください」

「ふん」

「どうせ、わたしが勝ちます」

「そうか」

「きまっています」

「なかなかいい心臓だ」

「いや、自信です。わたしがみごとに勝ちましたら、その機をのがさず、おじうえが、わたしを大いにほめてくださるのです」

「それは、多少、ほめてやってもいい」

「多少ではだめです、激賞してください。いかに、慶二郎、そのほうのこと、いささか放埒な生活をいたしてるやにうわさするものもあったが、ただいまの腕まえ、さすが武芸のみちにゆるみはないとみゆる。あっぱれ、あっぱれ。わが一門の名に恥じぬ。いや、いや、わが一門の誉れともいうべきじゃ。利家ほとほと感じ入った。これ、皆の者、慶二郎を手本にいたせ——と」

「ばか、あきれて物がいえん。おまえなぞ手本にされてたまるか」

「はあ。では、手本にいたせだけは、はぶいてくださってもかまいません」

「あたりまえだ」

「やむをえません。しかし、なるべくおおげさにほめてください」

「だめだな」

「これはけしからん。慶二郎更生のかどでにあたって、そのくらいのことは、してくださってもよいではございませんか」

「だめだ」

「だめですか」

「だめだ。だれが聞いても、やおちょうだと思うだけだ」

「はあ、そんなものでしょうか」

「そんなものだ」

「——とあれば、慶二郎、やけでござる。いっそのこと、今までの十倍も酒をのみ、女をくどき——」

「こらっ、短気なことをいうな。わしに任せておけ、いいようにしてやる」

「は？」

「少しほめて、大いにしかってやる」

「はあ」

「そのほうが効果が多いのだ」

「そうでしょうか」

「そうだ。まず、このくらいがいい——慶二郎、そのほう日ごろ放埒無残の所業、家中一同はもちろん、この利家も、ほとほとあきれはてておったところじゃ。もはや、救いがたき痴(し)れ者と打ち捨てておいたが、ただいま見るところでは、いまだ武芸のみちは、いささかとるべきところが残っておるように見ゆる。せめてもの取りえ。この後とも精進(しょうじん)せい。なれど、武芸のみでは、ひっきょう、いのしし武者、身をつつしみ、心の修業をつむことなくば、なんにもならぬ。今後は家中の面々を手本にいたし、心を入れかえて勤務に励むがよかろうぞ——と、こんなぐあいに言ってやろう」

「うむ、まるでお小言ばかりではありませんか」

「満座の中で、いつになくきびしくしかられると、皆、多少はかわいそうになる。したがって、おまえに対する態度が多少やわらぐものだ」

「はあ」

「それでよいのだ」

「いささか心外ですが、やむをえません」

「だが、慶二郎」

「はい」

「おまえ、ほんとうに、武芸のうえで藩中の何人(なんびと)にも負けぬ自信があるか」

「あっはっは」

「何がおかしい」

「あっはっは。およそ武芸に関してならば、弓、やり、馬、鉄砲、剣、いずれのみちにても、前田藩中、わたしに敵するものはありません。おじうえも、藩主として、そのぐらいのことは、ご存じと思っていました」

「うーむ」

「武芸ばかりではありません。筆をとらせれば祐筆山中祐之進のごときへらへら文字とは比べものにならぬ豪放闊達な文字を書きますし、歌をよめば、いかなる女人も、一読とろりと情にとける希代の相聞（恋歌）も、たちどころに数十首――」

「いいかげんにしろ」

「はい」

「筆跡や和歌はどうでもよい。武芸のほうは、当日、よりすぐったのを連れていくから、今の広言にそむかぬようにしろ」

「ご心配には及びません」

「では、来たる五日午後と決めておく」

「はい、ありがとうございます」

一礼して立ち上がった慶二郎のうしろ姿を見ていた利家が、にやりと笑って、

「慶二郎！」

「は」

なにげなくふり向くと、

「慶二郎、お前の申した小夜の隠し男の件、いつわりがばれたぞ」

「ええっ」

「彦左がきて、すっかり白状しおった。よって、小夜も、早苗も、共に召し出すことにした。はは。よし、行け」

——畜生、助平じじいめ！

慶二郎、くちびるをかんで、うなった。

三

約束の十二月五日になると、利家が、武芸すぐれた侍臣たちを供につれて、慶二郎の屋敷にやってきた。

ふたり差し向かいの時は、おじおいで遠慮のない口をきくが、公式の場合には、主君と家臣である。慶二郎も、礼服に威儀を正して、うやうやしく迎える。

「本日はお成りいただきまして、ありがとうございまする」

「うむ。りっぱな茶室ができたそうじゃな、一服立ててもらおうか」

「はっ」

邸内に新設した如喜庵（にょきあん）という茶室に案内した。二畳半台目の裏に三畳の水屋をつけ、西南ににじり口が開かれ、その前にそで壁を造って土間を囲い、奥は一間通りひさし廊下としている。

内部にはいると、床わきに三角の地板を入れ、中柱を特別な位置に立て、手前畳を中心とした炉わきを広くし、そで壁に花頭窓をあけるなど、珍しい意匠をこらしてある。

「うーむ、近ごろ有楽斉が再興したという正伝庵の茶室をまねたな」

「さすがは殿、お目がたこうございます」

慶二郎は以前、伏見に行っていたころ、津田宗及について本式に茶の湯を習っている。お点前もみごとなものであった。利家も内心ひそかに、慶二郎を見直した。

「慶二郎、おまえ、存外風流人だな」

「えへん、文武は車の両輪でございます。まず、前田家人多しといえども――」

「よし、よし、もうそのくらいにしておけ」

つづいて、広間に戻って慶二郎が、あらたに広前に設けた矢場で、鉄砲を撃ってみせる。

二十匁玉と三十匁玉とをおのおの十発、ことごとく適中させ、みている一同をあっといわせた。

「どなたにてもあれ、せっしゃと鉄砲のわざを競う自信のあるかたは出ていただきたい」

慶二郎が得意げにじろりと見渡したが、あいにく、利家の連れてきたのは剣の達者な連中ばかりである。――しまった、鉄砲方の石丸か税所でも連れてくればよかった。

と、思ったが、もうおそい。慶二郎に、さんざんいばられてしまう。

「慶二郎、武士の表芸は鉄砲ではない。なんといっても剣だ。そのほう、それほど武芸の腕を誇るならば、ここで、剣の試合をしてみせい」

かねての約束どおり、利家がそういうと、慶二郎はもちろん、藩士たちのほうも、勇みたった。

日ごろ、人もなげな広言を吐いている慶二郎を、主君の面前で、したたかに打ちすえてくれようと、早くも数人の者が、庭前に飛び降りて身じたくする。

もちろん、真剣ではないが、後世のような竹刀（しない）ではない。面も籠手（こて）もつけずに、木刀で試合うのだから、まかり違えば大けがをするし、打ちどころが悪ければ、命をおとすことさえある。そんなことは、この時代の連中は、いずれも覚悟のうえである。

藩中でも中条流の使い手として知られている黒沢半兵衛が、まっ先におどり出て、

「前田氏、一手お相手つかまつる」

「おお」

慶二郎、にっこり笑って、進み出た。

「殿のご諚だ、いささかも遠慮はいたさぬぞ」

半兵衛が、念を押す。

「はは、遠慮なぞされては迷惑だ。死に物狂いでかかってこられるがよい」

「いいおったな、おのれ」

中条流独得の、斜切剣——右八双に構えた半兵衛が、間合いをはかって、電光のごとく打ちおろした一撃を、慶二郎、

「とーう」

毫秒(ごうびょう)の間に、左にはね上げたとみるや、パッと一足ふみ込んで、ずいと突き出した刀先、みごと半兵衛の肩を突いた。

「うーむ」

激痛に、たまらずよろめく半兵衛から、さっと一間ほど身をひるがえした慶二郎、

「勝負あった！」

と、大声でどなった。

あまりあざやかな勝ちだから、どうにも文句のつけようがない。

半兵衛のすごすご退いたあとに出たのが、体捨流の夏目主税、二十六歳の若手ながら、中富道場の師範代をつとめている腕である。

通常のやり方では、とても勝ちめはないと思ったのであろう。慶二郎と向かい合って、一礼をかわす間もなく、いきなり、だだっと、体当たりで木剣をたたきつけてきた。

不意をくらっては、さすがの慶二郎も、まっこうから一撃食らったかと見えたが、間髪を入れず、つと身を沈めて、相手の足を払う。

ぐらっと前によろめいた主税の腰を、力いっぱいけって、どうとあおむきに倒れたところを、のど首に木剣をつきっけた。

その剣先に、微動でもすれば、のどを突き破る激しい気魄がこもっている。

「どうだ、夏目氏」

「うーむ」

「貴公の剣法、少々ひきょうだぞ」

「うーむ」

存分に勝負を明らかにしたうえ、慶二郎、さっと剣を引く。起き上がった主税の顔は、蒼白であった。

村井甚左衛門、古川荘之進、小島弥七、今倉三吾と、四人まで腕自慢の者が、つづいて出たが、いずれも慶二郎のからだに、木剣の先を触れることさえできずに、敗退する。

このくらいでやめておかないと、藩中の面目まるつぶれ、ますます慶二郎をつけ上がらすだけだと思った利家が、

「もう、よかろう、そのくらいにせい」

と、試合中止を命じた。

そして、座敷に戻って平伏した慶二郎に向かって、予約どおりのやおちょう訓

戒を与えようとして、利家が、

「え、む」

と、ひとまずせきばらいした時である。

慶二郎が、きっと頭を上げ、機先を制して口を開いた。

※　※　※

「あいや、殿、かねて、この慶二郎の身の上につき、藩中にてかれこれ申す者あまたある由にございます。いずれ、女くせが悪い、かけごとをする、深酒いたすというようなことと思いますが、家中何人も酒はのみ、内密にかけを行ない、ちょいちょい女のそでをひいておること、拙者とくと存じております。お望みなれば、いっでも、だれそれといって、さし示してご覧に入れます。拙者はただそれを大びらに、正々堂々といたすだけ。しかも、武士の本道たる武芸の道においては、いささかもゆるみなきこと、ただいまご覧のごとくでございます。右よろしくご賢察のうえ、向後、家中の者、この慶二郎にあやかって、ずんと武芸の道に励むよう、しかとおしかりおき願わしゅう存じます。えへん」

利家はじめ一同、あきれかえって、ただ、まじまじと慶二郎の顔をみているばかり。

言いたいほうだいのことをいってしまうと、慶二郎は、ケロリとして、

「殿。本日は、なかなか寒気きびしき様子。新設のふろ場にて、ひと浴びいかがでございます」

「ほう、ふろまであらたに設けたか」

一同が気まずいつらをしているので、利家は慶二郎の一言をよい機会と立ち上がった。

慶二郎は、先に立って廊下を案内していく。

「おじうえ、先ほどの慶二郎の演説はいかがです」

「あきれたやつだ。ますます憎まれるぞ」

「あんなうじむしどもに、何と思われてもかまいません」

「ふん、ばかに気が荒くなったな」

「その後、つらつら考え直し、慶二郎は、独立自主、ひとりわが道を行かん、と

決心しました」

「世の中は、そうはいかんぞ。あまりわがままかってばかりいたしておると。今にひどいめに会うぞ」

「それはじゅうぶん覚悟いたしております。明日にも浪々の身となり、山野に餓死するとも悔いはありません」

慶二郎のそういうひとみの中に、奇妙ないたずらっぽい色が走った。

利家も、急に妙なことを言いだしたなと思ったが、いつもとっぴょうしもないことばかりいう慶二郎のことだから、深く気にはとめず、

「ここか、ふろは」

「はい、なかなかりっぱでしょう」

「うむ」

「ぜひ、おじうえに、はいりぞめをしていただきたいと思いまして、慶二郎がじゅうぶんに念を入れて湯を沸かしておきました」

「ほう」

「わたしが、お背中を流さしていただきます」

「いや、そんなにせんでよい、女中にでも申しつけい」

「いや、わたしがいたします」

「ふん、なんだか少々、気味が悪いな」

「べっぴんにお世話さすとあぶない」

「何！」

「いや、おじうえはなかなか女好きでおられるゆえー」

「ばかを申すな」

「先日の小夜と早苗のふたりのお召し出しの件、いかがになりましたか」

「うむ、明日から、奥に上がるはずじゃ」

「先日も申し上げましたが、年寄りのひや水、こたえますぞ」

「ばかいえ。まだふたりぐらいの女は平気じゃ」

「やはり、女はお好きなほうですな」

「うるさいやつだ」


着物を脱いで、はだかになった。もっとも、はだかといっても、後世のように全裸ではない。下帯はしたまま入浴したころである。

「おじうえ、ただいま、わたしがお湯加減を見ます」

浴室の板戸をあけた慶二郎が、ふろおけのふたをとる。

静かな湯気が立ち上がっている。

右手を中に入れた慶二郎が、

「おじうえ、ちょうど、よい加減です。どんぶりとおはいりください」

「うむ」

利家が、ずかずかとはいって来て、ふろおけにどぶりと身を入れた。

「おっ」

利家が、驚愕の叫びをあげた。湯気の立っているのは表面だけ、下のほうは全然水なのだ。そのとたん、慶二郎は、そばのふたをとって、利家の頭の上からしっかり押えつけ、その上に、そばにかくしてあった大きな石をのせた。

「何、何をする、慶二郎、ぶ、ぶ、ぶるる」

「おじうえ、年寄りのひや水、じゅうぶんにたんのうなされるがよい」

言いすてると、慶二郎、ぱっと走り出て、なげしの槍をひっつかみ、庭に飛び降り、裏木戸に向かう。

あらかじめ待たせてあった自慢の名馬松風にひらりとうち乗ると、町並みをふみ鳴らして卯辰山麓をひた走りに北へ北へ。

ふろ場の中では、ようやくにして石とふたとを押しのけた利家、

「村井、古川、小島、ぶるる。黒沢、夏目、ぶるん、はくしょん」

あわてて、からだをぬぐいながらどなる声に、家来一同なにごとかと、はせよってくる。

「殿！」

「いかがなさいました」

「わしをたばかって、水ぶろにつけおったのだ。慶二郎をひきずってこい。ふらちなやつめ、もう許さぬ。は、は、はくしょん」

屋敷じゅう捜したが、もとより、慶二郎の姿は見えない。そのうち、ひとりが、

「あっ、これは」

と叫ぶ。ばらばらと寄ってみると、奥の書院の床の間に、紙はりまわして、墨くろぐろと書いてあるのは、

「天下第一の武辺者、前田慶二郎、本日をもって前田利家以下前田藩各士に暇をつかわすものなり。不満の者は、北陸道を追い来たるべし。いつにても相手いたすべし」

あとからやってきた利家も、これをみて、さすがに、歯をかみ鳴らしておこった。

「おのれ、兄、利久の遺児と思って、情けをかけてやればつけ上がりおって。追え、追え。きやつの首ひっさげて来い！」

「はっ」

たちまち、十余人がいっせいに馬に飛び乗って、城下小坂神社のほうを指さして、いっさんに追いかけた。

一対一ではかなわぬにしても、これだけの人数で押しつつんで討ち取る分ならば——と、つい先刻、さんざんに打ち負けた恨みもてつだって、すさまじい意気込みである。

城下をはずれて二里あまり河北潟の東岸あたりまで、馬に汗をかかせて追跡したが、慶二郎の姿は見えない。片側に小丘のある少し開けた地点まできて、一同が馬をとめた。

※　※　※

「畜生、とり逃がしたか」

「なにしろ。きやつの松風は、藩内第一の名馬だからな」

「残念なことをした。みごと、きやつの背骨たたき折ってくれようと思うたに」

汗をぬぐいつつ口々にののしっている時、右手の小高い丘の上から、

「わっはっはっは」

人もなげな吠声をする者がある。

なにやつ！　とうち仰いだ一同が、

「やっ！」

「慶二郎！」

あわてて、馬上に身構えた。慶二郎は、にやにやしながら、

「おれの背骨たたき折ってくれるというた者があったな。ひとつ、やってもらおうか。馬を走らせすぎて、少々肩がこっているところだ。ちょうどいい」

ゆうゆうと馬を歩ませて、街道に降りてくる。

ぴたりと槍を構えると、

「先ほどは馬術と槍術の妙は見せてやれなかったな。大坪流の馬術と原田流槍術の極意をみせてやるから、ありがたく拝見しろ。ただし、馬場でみせるきれいごととは違うぞ。戦場における馬の乗りよう――、槍の使いよう、しかとそのドングリ眼見開いておがんでおけ！」

さっとひと振りふって皮さやを落とした大槍を、りゅうりゅうとしごいて、

「行くぞっ」

先頭にいたふたりの馬の間に向かって、どどっと乗り入れる。

「あっ！」

突然の猛攻撃に、あわをくったふたりが、夢中で、サッと両側に馬を開こうとしたが、慶二郎の槍先が、一方の馬のわき腹を突き刺したと思うやいなや、他方

の馬は、同じ槍の石突きで、鼻づらをしたたかぶんなぐられて、双方とも棒立ちとなる。

馬上のふたりが、いたたまらず、くらつぼから、どうと地上に落ちた。

「お次だ！」

慶二郎はそのまま馬を藩士たちの馬の群れの中におどり込ませ、ものすごい勢いで、駆け抜ける。いつ、どこをやられたのか、さらに二頭の馬が傷つき、ふたりが落馬した。

相手の騎馬群をまっ二つに駆けぬけた慶二郎は、たたっと馬の頭をめぐらすと、ふたたび、前とは逆に、中を割ってはせ戻り、ふり向いて体制をととのえる暇もない騎士たちの、足を刺し、肩を強打し、さらに三人まで、地上にはたき落とす。

「どうだ。戦場では、このように戦うのだ。きょうは、旧同僚のよしみに、命だけは助かるようにしておいた。ありがたく思って、さっさと引き揚げろ」

半数まで、またたく間に傷つけられ、馬からたたき落とされた討ち手は、慶二郎の早わざに、しばらくぼうぜんとしていたが、さすがに、そのまま引き揚げるわけにもいかぬ。

「くそっ、くたばれっ」

「畜生！　これをくらえ」

死に物狂いで、四方から馬をよせて、むちゃくちゃに、槍と刀とでっきかかってくる。

「ばかめ、まだわからぬか。今度は、ほんとうに刺し殺すぞっ」

さっと馬上にたぐり寄せた槍が、一尺ほどに縮まったかと見えた次の瞬間、魔物のごとく九尺に伸びて、村井甚左衛門の胸板、ぐさりと貫いた。

「うわっ」

「や、やったな」

残った馬上の五騎の表情がさっと変わったが、同時に、慶二郎の表情も一変した。それまでの余裕をみせた皮肉な顔色ではない。らんらんと輝く両のひとみに、恐るべき殺気をいなずまのように走らせて、

「容赦はせぬぞ、命のいらぬやっから、さあ来い！」

ぴゅーっとうなりを生じた槍の先が、夏目主税のほおを突き上げ、小島弥七の

脾腹をえぐる。

「ぐうっ」

「ぐわっ」

悲鳴をあげて馬上にのけぞるのを、ふり向きもせず、残った三人に、血潮に塗れた槍をつきつけた。

「おのれら、日ごろから、殿にはおべんちゃら、仲間の悪口陰口、ろくでもない腐れ侍。それでも、合戦の時は竹盾の代わりぐらいにはなろうと思うて、命許してやるつもりでおったが、もう許さぬ。地獄へ行け！」

ハッタとにらみっける慶二郎の眼光のすさまじさに、戦う気力もなくなって、こわばった口もとをがくがくふるわすばかり。

「一匹！　二匹！　三匹！」

さんまを突き刺すように、腕、肩、ももを、刺し貫いて倒すと、慶二郎は槍先の血潮をぬぐった。

地上にへたばり込んだまま、目ばかり大きく見開いている手負いの連中に向かって、

「城へ戻って、助平おじにいっておけ。年寄りのひや水、あぶない、あぶないとな。わかったか。さらば」

いいすてて、馬の首をめぐらすと、ぱっと両側をけって、走り去る。

半里（二キロ）ほども行ってから、こんもりしたほこらの前までくると、

「だんなさま」

待っていた辰之助が、顔を出した。

「おお、だいぶ待たせたろう。ちょっとひとあばれしてきたからな」

「たぶんそうだと思っていました。おけがはございませんで？」

「あたりまえだ」

「たぶんそうだと思っておりました。さあ、参りましょう」

「うむ」

といった慶二郎が、辰之助の背後をみて、

「や、あの馬にのったのは」

「さあ、だれでございましょうか」

「女――ではないか」

「さあ、わたしは存じませぬ」

が、そらっとぼけている辰之助のそばに、馬の主が進んできて、笠をあげた。

「や、小夜ではないか」

「慶二郎さま、参りましょう」

「ど、どこへいく、小夜」

「慶二郎さまのいらっしゃるところへ」

「こら、小夜、むちゃなこと申すな」

「それとも、城中の助平殿様のところへ戻れとおっしゃいまするか」

「うーむ」

「どうかなさいましたの、慶二郎さま」

「やられた」

「城下では、ずいぶんたくさんのおなごを、おだましなされたとのこと。この小夜は、絶対にだまされませぬ。どこどこまでも、ついてまいります」

「やられた」

「おまあさまには及びもつきませぬが、多少でも似ているとおっしゃってくださったのが、せめてものたより。悪女の深情けとおぼしめせ」

「やられた」

「さあ、参りましょう。かまいませんわね」

「くそっ、かってにしろ」

「はい、かってにいたします」

にこにこ笑って、慶二郎のあとについて馬を歩ませる。――ちっ、しまった。とうとう、この女に食いつかれてしもうた。

慶二郎、ちょっと渋い顔をしたが、不思議に、少しも、いやな気持ちがしない。

ふたりの馬のうしろから辰之助が、ひどくうれしそうに、顔じゅうにやにやさせて、ついていく。

風はやや冷たいが、よく晴れた空に、大きな鳥がゆっくりと円を描いて回っていた。

# 四

慶二郎、小夜、辰之助の三人は、その日の夕刻、竹の橋の宿についた。

道中、前田藩中のだれかれをやりだまにあげて、にぎやかに毒舌を吐いていた間は気楽であったが、一夜を明かすとなると、さしあたって解決されなければならない問題が出てくる。

夕食が済んで、辰之助が別の小室に引きとってしまうと、残った慶二郎と小夜は、お互いに、少々てれくさい顔つきになった。

いつもの慶二郎ならば、美女とふたりきり、ひとへやに残されれば、勇躍して、下くちびるをなめるところだが、今夜は違う。

相手が、今まで、うわきの虫の動くにまかせて、よいかげんな気持ちでくどいてきた娘とは違うからである。

今までの娘たちも、慶二郎の男ぶりと、その水ぎわだった腕にほれ込んできたことはもちろんだが、そのほかに、主君利家の一門という地位に気をひかれていたことは疑いない。

ところが、小夜は、その最も有利な地位を惜しげもなくほうり出して、一介の浮浪人となった慶二郎にほれ込んできたのだ。

それも、藩主利家の寵姫という玉のこしを投捨げて、親兄弟にそむいて、いっさいの非難を覚悟のうえで、飛び出してきた娘である。

さらにそのうえ、慶二郎の初恋の女性、いや、かれにとって永遠の女性――ともいうべきおまあさまに、うり二つという娘なのだ。

慶二郎のうわきの虫も、いつものように無責任には動きださない。さんざん放蕩しつくしたこの男の底に、ちょっぴり残っているロマンチックな純情が、ちくりといたむのである。

「小夜」

およそ慶二郎には不似合いな、ひどく当惑した顔つきで、呼びかけた。

「はい」

小夜も、生まれてはじめて、男とふたりきりになって、しかも、隣のへやに、はでな模様の夜具がのべられてあるのが、一枚開かれたふすまの間から見える――という微妙な状態におかれたので、からだも、声も、堅くなっている。

「小夜、どうしても、おれについて来るつもりなのか」

「はい、昼間申し上げたとおりです。だいいち、これこのとおり、ついて参ったではございませんか」

いよいよとなって、腹をすえてしまうと。女はかえって強くなるものらしい。きっと、ひとみを上げて、はっきり言いきった。

「ふーむ、どうでも、父御のところに戻らぬか」

慶二郎が、まのぬけた質問をくり返す。

「慶二郎さま」

「うむ」

「この寒夜に、わたしを追い出してしまうおつもりですか」

「いや、断じてそんなつもりではない。ただ、その、明朝でも、戻る気にはならんかと思って、聞いてみただけだ」

「慶二郎さま、今夜、この竹の橋の宿にとまれば、だれでも、わたしはあなたの妻になったものと思うでしょう。二度と、わたしひとりでは、ご城下に戻れませぬ」

「なるほど――弱ったな」

「何が弱ったのでございます」

「小夜、もう一度よく考えてみてくれ。おれはしようのない大酒のみだ」

「男のかたは、みんな、お酒をあがります。たいていは大酒のみです」

「それは――そうだ。だが、おれは、ばくちをうつ」

「男のかたは、みんな、ばくちをなさいます。ご遠慮なく、なさいませ」

「そうか、うーむ、おれは――女が好きだ。はなはだ、非常に、われながら驚くほど、女が好きだ」

「おなごのきらいな殿御はありますまい。女がきらいでは、わたしもおなごのひとり、困ります。はなはだ、非常に、驚くほど、好いてくださいませ」

「いや、つまり、その、女が好きというのは、ひとりの女でなく、いろんな女が好きなのだ。つまり、あきれるほど、うわきなのだ」

「はあ、いろんなおなごがお好きと聞いて、安心いたしました。それなら、おまあさまだけでなく、わたしも好いていただけましょう」

かたっぱしから論駁されて、慶二郎も、いささかむっとしてきた。

「小夜！」

「はい」

「けしからんやつだ。ああいえばこういう。いちいち生意気に口答えをしおって」

「すみませぬ。ご存分に折檻なさいませ」

「なに」

「たたくなり、打つなり、斬るなり、お気のすむようになさいませ」

「うーむ、ふらち千万――見上げたやつだ」

「さあ、どうなりとなさいませ」

じりじりとつめよってくる小夜の目が、妖精のひとみのように、きらきら光って、慶二郎のうわきの虫に、ぐさりとつき刺した。

「こいつめ、もう許さんぞ」

慶二郎が、いきなり、小夜の肩をひっつかんで、自分のほうへ、力いっぱいにひき寄せた。

――その翌朝。

「辰之助」

慶二郎が、旅宿の土間に出てきて、元気のよい声で呼ぶ。

「へーい」

「馬の用意はよいか」

「へい、とっくに」

「きょうは、少し走らせるぞ」

「それはいけません」

「なに」

「きのうまでのだんなさまとは違います」

「なに、変なことをいうな」

「申します。きのうまではひとり身。馬からおちて首の骨を折っても、泣いてさしあげるのは、この辰之助ひとりぐらいのもの。ところが、きょうからは違います」

「なぜだ」

「小夜さまが——いや、奥さまがいらっしゃいます」

「こら！　辰之助」

慶二郎が、恐ろしく大きな声を出した。

「へえ」

「きさま、小夜に手なずけられて。うまうま、このおれに、いっぱいくわせたな」

「そんなことはありません」

「いや、どうでもそうだ」

「もしそうなら、どうなさいます」

「きさまをぶった斬ってやる」

「へえ、それから小夜さまを、いや、奥さまも、ぶった斬りますか、なるほど」

「小夜は――こんちくしょう、だれがぶった斬るといった」

「それなら、わたしもぶった斬ることはございますまい」

「きさまをぶった斬ると、だれがいった」

「だんなさまが、ただいま、おっしゃいました」

「あわてるな、バカめ。ぶった斬ってやる――といいたいが、やめたといおうとしたところだ」

「へえ、ありがとうございます。ぶった斬るのをやめて、どうなさいます」

「これをやる――早く馬をひいてこい」

辰之助の前に、永楽銭のずっしりとはいった金袋をほうり投げて、慶二郎にやりと笑った。

※　　※　　※

三人が、春日山城下についたのは、七日めのひる下がりである。

慶二郎は、ただちに城南の法音寺へ、馬をすすめた。

法音寺の住職頑鉄和尚は、慶二郎が、京へ修業に行っていたころ、師の大無和尚のもとで知り合った仲である。

案内を請うと、慶二郎と聞いて、飛び出してきた頑鉄和尚が、

「やあ、慶二郎、きおったか。案外おそかったな」

「はあ、わたしが来るとわかっておいでしたか」

「おまえのような、あばれん坊が、いつまでも、あの君子づらした利家のもとに、おとなしくしていられるはずはない。そのうち、逃げ出してくるじゃろうと、心待ちにしていたのだ」

「はあ、さすがは頑鉄和尚ですな」

「何をぬかす、そのぐらいは見通しだ。それも、すなおに金沢城下を出てきたのではあるまい。ひと騒動持ち上げて、逃げてきたのだろう」

「はあ、さすがは――」

「見通しじゃ。そのうえ、おまえのことだ、行きがけの駄賃に、女のひとりぐらい、さらってきただろう」

「和尚、それは――」

「見通しじゃ」

「いや、それは見通しちがいです。女はつれてきましたが、わたしがさらったのではありません。女のほうで、ついてきたのです」

「どちらでも同じことじゃ」

「同じではありません」

「うるさい、同じだ。ぐずぐずいわずに、早く上がれ」

座敷に招じ入れられた慶二郎が、改めてあいさつをしたうえ、うしろに小さくなっている小夜をふりかえって、

「実は、和尚、少々お願いがあります」

「わかっとる。その娘御といっしょに、かくまってくれ、というのだろう、万事、見通しじゃ」

「えい。いまいましいな。和尚、そのとおりだが、少し違いますぞ」

「何が違う」

「これは娘ではない、わたしの妻です」

「ほほう、なるほど、なるほど。なるほど、おまえといっしょに旅をして、娘の

ままでおるはずはなかったな。これは和尚一代のしくじり、わっはっはっは」

小夜が、まっかになって下を向いているのにもかまわず、頑鉄は、大口開いて、哄笑した。

慶二郎が、金沢出奔の次第を、ひととおり話してきかすと、頑鉄は大きくうなずいて、

「そうか、よくやった。あんなにせ君子の利家なんぞに、おまえの頭を押えてゆけはせん。当分ここに遊んでおれ」

「お願いします」

「しかし、それだけあばれてきたのなら、前田のほうでも、このまま、指をくわえてひっこんではいないだろう。おまえがここにいるのをかぎつけたら、きっと、上杉家に向かって、正式に引き渡しを要求してくるだろう」

「そうでしょう。その時は、どこへでも立ち去ります」

「ばかいえ、どこへ行っても同じことだ。ここにがんばっていて、だれがきても追い払ってしまえ」

頑鉄は、始終、春日山城に出入りして、城主上杉景勝(かげかつ)をまじえて話す傑僧であ

る。

翌日ただちに城へ行って、慶二郎のことを、景勝や、家老の直江山城守などに話した。

「なに、前田のあばれんぼう、慶二郎利太がやってきたというのか。それはおもしろい、どこへも逃がしてはだめだぞ」

景勝が、まっさきに、ひざをたたいて喜んだ。

「前田から使者がきたら、追いかえしてやりましょう」

直江山城守も、乗り気だ。

頑鉄は、頭をふって、

「いや、こんなことで、上杉と前田両家がけんかするのは、つまりません。使者がきたら、かってに連れていけといって、寺によこしてください。寺のほうで、追っ払います」

「だいじょうぶか」

「ご心配なく。前田のへろへろ侍なぞ相手ならば、頑鉄ひとりでたくさん、百騎でも二百騎でも、ないしは千騎でも一万騎でも、さては十万騎、二十万騎」

「そんなにたくさん来るはずはない」

「はあ、それもそうでしたな、いや失礼」

寺に戻ってきた頑鉄、慶二郎を呼んで、城中での話を伝えた。

「そこで慶二郎、何十万騎、いや何十人やってこようとも心配するな、わしがおる」

「といって、和尚、あんまり強そうではありませんな」

「あほうなことをいうな。腕ではない、策略じゃ」

「はあ、どんな策略です」

「おまえ、坊主になれ」

「坊主？　いやだな」

「ぜいたくいうな。頭をまるめさえすればよい。それも、しばらくのことだ、がまんしろ」

いやおうなしに、慶二郎の頭をまるめてしまう。

「ふむ、なかなか似合うぞ。どうみても、りっぱな生臭坊主、破戒坊主だ。ひょっとしたら、前世は坊主だったかな。うむ。そうだ。ひょっと斎と名るのがいい」

「ひょっと斎？　情けない名ですな」

「いい名ではないか、ひょっと斎。何か院号をつけたほうが、もっともらしくていいかな。穀蔵院咄然斎（こくぞういんひょっとさい）——というのはどうだ」

「穀蔵院とは、どういう意味です」

「きのうからみていると。おまえはずいぶん、大めし食いだ。穀つぶしということばがあるが、おまえのは穀物をせっせと腹の中にしまい込んでいるとしか見えん。そこで、穀蔵院——というわけだ」

にわか道心の穀蔵院ひょっと斎、坊主頭にはなったが、いっこう坊主らしくない。

朝から、一日じゅう酒をのんでいる。そのひまひまには、寺の小僧や寺男たち、近所の百姓までよび集めて、木刀をふりまわすことを教えたり、馬にのって、近所をむちゃくちゃに走りまわったり——小夜をかわいがったり。

ひと月ほどしたある日。

外から、辰之助が、あわてて走りこんできた。

「だんなさま、来ました、来ました」

「何が来た」

「前田藩の連中が来ました」

「ほう、来おったか」

頑鉄が寺の山門のところに、のこのこ出かけていって、両足を大きく開いて立ちはだかった。

近づいてきた前田藩士十五、六名。

いずれも馬を降りると、神妙な顔つきで、頑鉄の前にやってきて、

「お頼みいたす。当寺のご住職頑鉄師に御意を得たい」

城主上杉景勝の尊敬している高僧と聞いているから、丁重に申し入れた。

「頑鉄か、わしじゃ」

「は、貴僧が、頑鉄和尚で」

うすぎたない袈裟をきこんだ貧相な頑鉄をじろじろ見て、疑わしそうな顔をする。

「どうした。わしが頑鉄だといっているのだ。御意を得させて進ぜるから、早く用件をいいなさい」

「は、われわれは前田家中の者ですが、当寺に、わが藩の前田慶二郎と申す者が、参っておりますはず」

「さようか」

「ただいま、春日山城へ参向、上杉の殿にお引き渡しを願いましたところ、かってに連れ去るがよかろうとのご諚」

「さようか」

「よって、かくは参上いたした次第。なにとぞ、慶二郎をお引き渡しいただきとうござる」

「さようか。前田藩の前田慶二郎という男じゃな」

「は、さようで」

「よし、捜してやろう、待たっしゃい」

「たしかに当寺におると見届けておる。捜すまでもござるまいと思いますが」

「ばかいいわっしゃい。この頑鉄は、そんな男を知らん、わしの知らんうちに、まぎれ込んでいるかもしれんから捜してやるというのだ。捜すまでもないとはなにごとだ。無礼者」

「あっ、ご立腹では恐れ入る。早速、お捜しいただきたい」

「よし、捜してやろう。こら、寺の中に、前田藩の前田慶二郎というばか者はおらんか。こら、前田、慶二郎、ばか者、おらんか、おらんなら、おらんと返事しろ、ばか者」

頑鉄が、寺の本堂のほうを向いて、大声にどなりたてる。

「おう、和尚さま、この寺には、そんな男はおりませぬぞう」

本堂の廊下に立って、頑鉄の十倍ぐらいの大きい声でどなり返す、大柄の坊主がある。

「聞いたか、そんなものはおらんという」

頑鉄が、にやにやしながらいった時、奥をのぞき込んでいた前田家中のひとりが、

「や、あの大坊主、慶二郎ではないか」

「どれ、どれ、や、たしかに慶二郎だ」

「頑鉄どの、人を愚弄するのも、いいかげんにしていただきたい。あの坊主あたま、姿こそ変われ、前田慶二郎に違いござらん」

「なに、あれが慶二郎？　これはけしからん、あのくそ坊主は、わしが長年使うとるみそすり坊主じゃ。こら、ひょっと斎、ここへ出てこい」

声に応じて、ゆうゆうとやってきた慶二郎。見ると、血相変えて、門前にひしめいているのは、いずれも金沢で顔なじみの藩士たちだ。

だが、あくまで、そらっとぼけて、全然一面識もないような顔つきをして、

「和尚さま、このかたがたは何でございます」

「うむ、加賀の前田の家中のかたがただ」

「ほう、さすがは、ごりっぱなかたがたがおそろいですな。ええ、はじめまして。拙者は、いや、拙僧は、穀蔵院ひょっと斎と申しますが」

「こら、慶二郎、ふざけるのもいいかげんにしろ」

「主君のご命令だ。神妙に、われわれといっしょに、金沢へ戻れ」

「主君？　主君とはどなたのことで」

「こいつ、前田利家公にきまっとる」

「あはは、それはあなたがたのご主君でしょう。仏門にはいったひょっと斎には、主と申せば、ただひとり、釈迦牟尼仏のほかにはありませぬ」

「くそッ」

たまりかねた市岡伝蔵という侍が、慶二郎にとびかかった。

袈裟衣の胸ぐらをとっつかまえたとみえたその腕が、逆にひねり上げられ、とんと弱腰を突かれて、たたたっと前のめりによろめき、よつんばいになった。

「やりおったな!」

「もう、許さぬ」

三、四人の者が、いっせいに慶二郎をめがけて殺倒し、四方から押しつつんで、からめとろうとしたが、ひとりは胸を突かれ、ひとりは内またをけり上げられ、ひとりは背負い投げをくわされた。

「かまわぬ、斬れ!」

市岡が、まっかになって叫ぶと、五、六人の者が、腰の刀を抜き放つ。

「ばかめ!」

頑鉄が、一喝した。

「当寺をなんと心得る。上杉家先代不識庵謙信公立願の上杉家菩提寺じゃ。そのうえ、この山門に掲ぐるは、おそれ多くも、当今後陽成帝のご親筆じゃぞ。この山門の内外に、血潮一滴たりとも散らば、そのほうたちはもちろん、前田利家といえども、無事には済むまいぞ」

全部でたらめだった。

——が、前田藩士たちは、そんなことは知らないから、もっともらしい頑鉄のことばに、あおくなった。思わず刀を背にかくして、

「う——む」

と、うなるばかり。

慶二郎、それをみて、にっこり笑って、しゃあしゃあといってのけた。

「はは、前田のご家中のかたがた、いささか当惑の態ですな。おきのどくですから、本当のことを教えてあげましょう。前田慶二郎なる男、当寺に立ち寄りましたが。数日前、東国へおもむくとかいうて、ひょうぜんと立ち去り申した。いや、りっぱな男でござった。人品骨柄、衆にすぐれ、才気喚発、武芸無双、前田

家中にも、なかなか、あれくらいの男は、ふたりとはござるまいと思われましたな。さよう、まず、このひょっと斎にうり二つと思うてくだされ ばよい。いや、見上げた男でござったよ」

五

慶二郎が、池のはたにしゃがみ込んで、水の面をしきりにのぞき込んでいるのをみて、小夜が声をかけた。

「あなた、何をしていらっしゃるのです」

あなたといって、慶二郎さまといわぬところをみると、小夜の女房生活も、どうやら板についてきたらしい。

「うむ、水鏡としゃれているところだ。だが、どうも、やはり坊主頭はおれには似合わないな」

「そんなことはありません、ごりっぱです」

「そうかな」

「あなたは、どんなふうにしていらしても、美しいのです」

「はてな。それは、おれが、いつも女たちにいってる殺し文句だ」

「まあ、にくらしい」

黒目がちの大きなひとみで。小夜がにらみつけた時、縁の上から、無風流な声が響いた。

「ひょっと斎、こら、ひょっと——さーい」

「くそ和尚め」

慶二郎はつぶやいて立ち上がると、

「なんですか、和尚」

「これからお中屋敷（景勝の居館のあるところ）に行く。ついてこい」

「何しに行くのです。わたしはお中屋敷なんかに用はありません」

「文句をいうな。こちらに用があるのだ」

「では、和尚がいったらいいでしょう」

「こいつ、いちいちたてつくやつだ。ゆうべ、酒を三升も飲ませてやったこの和尚の大恩を忘れたか。——実はな、ひょっと斎、このあいだ、おやかたに上がった時、景勝公におまえのことを話しておいたのだ。きょう連れてくるようにとお使いがあった」

「わたしは見せ物じゃありません」

「あほたれ。今度のことで。上杉家にはいろいろとお世話をかけておる。お礼をひと言ぐらい申し上げるのは、あたりまえだろう」

「ああ、それならわかります。参りましょう」

ふたりは、互いに毒舌をたたき合いながら、春日山城のふもとに向かった。

「前田からは、あれきり、何ともいうてこんのう」

「はあ。上杉家ではかってに連れていけというし、和尚は、一滴の血でも流したら承知せんという。かれらも、どうにもしようがないでしょう」

「もうあきらめたか」

「使者の連中、慶二郎はもう春日山城下にはおりませぬ、とでも報告したのでしょう。少し頭のあるやつならわかるように、わたしがそれとなく教えてやったのですから」

春日山城は、代々越後安護代長尾氏の居館のあったところ、謙信の父、長尾為景がこれを修築して、無双の要害とした。

南葉山の一峰で、高さ一八〇メートル。

頂上に本丸、その北方に毘沙門丸。一段下がって二の丸。さらに下がって三の丸。大手から本丸まで二十四町、その間に、名ある将士の屋敷が並んでいる。

景勝は、平常山麓のお中屋敷と城内と半々ぐらいに住んでいる。このお中屋敷を囲んで、諸役所、小峰原の勢ぞろい場、陣取り場などがあり、これにつづいて一百八十、一万余軒に及ぶ民家が櫛比している。

頑鉄は、中屋敷の景勝のやかたにつくと、番卒に軽くうなずいたまま、のここ中にはいって行った。

なかなかりっぱなやかただ。

金沢の前田家のやかたに比べると、ずっと質素で武ばっているが、北国らしい暗さなど全くなく、りんりんと張り切った気魄がみなぎっている。

——さすがは、謙信公以来の家柄だな。

慶二郎も感心した。

玄関で待ち受けていた武士が、

「殿は、中奥でおくつろぎだが、老師が見えたらお通しするようにとのことでした。どうぞ、こちらへ」

廊下をぐるぐる回って、中庭に面したひとへやの前にくると、廊下に手をついて、

「頑鉄和尚が見えました」

「ああ、待ちかねた、これへ」

頑鉄は遠慮なく、さっさとはいっていく。

慶二郎もそのあとについて、敷居をまたいだとたん、サッと二本のけいこ槍が、ふすまの陰から、わき腹めがけて、突き出された――が、

「あぶない！」

と、落ちついた声が、慶二郎の口から漏れた時には、かれの両手は、二本の槍を、しっかと握っていたのである。

「これは慮外な――」

握った槍の先を突き合わせるようにぶっ放すと、慶二郎の目の前に、たすきを

十字にあやどったふたりの若侍が、頭をぶっつけそうに左右からのめってきた。

「ははは、許せ、ちょいといたずらしたのだ、憤るな」

正面の景勝が、笑って、

「さあ、ずっと近くすすめ」

「はあ」

慶二郎は、しゃあしゃあしたつら構えで、景勝のすぐ前に進み出て、すわった。

頑鉄がそばから、

「これが拙僧のところにおりまするみそすり坊主、穀蔵院ひょっと斎でございます」

「なかなかたのもしげな坊主だな」

「はい、酒、ばくち、女、いずれも、人にひけをとらぬ破戒坊主でございます」

「はは、ばくちと女は勘弁してもらおう。そのかわり、酒はいくらでもある。遠慮なくのめ」

五合ぐらいはいりそうな大杯に、なみなみと酒をついでさし出された。

慶二郎は、遠慮なく一杯のみ、また、一杯のみ、さらに一杯あけて、また一杯のんだ。

「みごとだな。どうだ、越後の酒は」

「はあ、まことに絶品」

「ふん、そうじゃろう、自慢の酒だ」

「――だが、惜しむらくは」

「なに」

「美女の酌でないこと――」

「はは、やられたな。ま、むくつけきやろうの酌でがまんして、もすこし飲め」

「いや、少しではなく、たくさんのみます」

とはいったものの、すき腹に三升も入れたのだから、さすがの慶二郎も、少し、上体がふうら、ふうらしている。

「ひょっと斎殿、もう一献」

若侍のひとりが、またなみなみとついだ。その杯に、顔を伏せるようにして、慶二郎が飲もうとした時、若侍は、からになった瓶子を逆に持つと、はっしと、慶二郎の額を打つ。

「あっ」

と、叫んだのは、慶二郎ではなく、その若侍のほうだ。頭にすっぽり、特大の杯をかぶせられ、上半身、酒びたし、瓶子は、ちゃんと、慶二郎の手に奪われていた。

※　※　※

「聞きしにまさる男だ。殿も、すっかりほれこんでしまわれた。どうだな、ひょっと斎、当上杉家に仕える気はないかな」

数日後、わざわざ、自身で、寺を訪れてきた上杉家の家老直江山城守が、そういうのである。

「ありがたいおことばですが」

「待て、待て。おぬしのいいたいことは、わかっている。酒と女とばくちのうえでのあやまち、おとがめなしとのことならば、お仕えいたしましょう——と、こういうのだろう」

「ご明察」

「たぶん、そういうだろうから、その儀は心配いたすなと申せ、と殿は仰せられた」

「あっぱれご名君」

「全く、ご名君だ」

「士はおのれを知る者のために死す——山城守殿、つつしんでお受けいたします」

「そうか、承知してくれるか。それで安心した。ところで、禄高は、どのくらい所望だ」

「いや、酒とばくちと女とに、いっさい文句仰せられぬ殿とあれば、禄高なぞは問題でござらん」

「といっても、無禄というわけにはいかん。遠慮のないところをいってくれ」

「されば、百万石でも一万石でも、ないしは百石でも一石でも、あるいは五斗でも三升でもけっこうでござる」

「五斗や一升では食えん」

「いや、一升を金子にかえて、ばくちを打って、ひともうけいたし——」

「損をしたらなんとする」

「家中の朋輩から借り、場合によっては、山城守殿にも借金を申し込み——」

「そんなことをされてはたまらん。どうだな、ひょっと斎、まず借金もせずに人並みに暮らせるよう、三千石与えよう。それでがまんしてくれぬか」

「はあ、がまんしましょう」

そばで聞いていた頑鉄が、さすがにあきれて口を入れた。

「こら、ひょっと斎、がまんしましょうという言いぐさがあるか、このうえもなきしあわせ——ぐらいのことはいうものだ」

山城守も苦笑していたが、

「で、いつから出仕いたす」

「二、三ヵ月後にしていただきとうございます」

「なぜだ」

「坊主頭に髪の毛が伸びるのを待ちます」

「坊主頭でけっこうではないか」

「いや、これは一時の策戦でまるめたまでのこと。仕官いたすならば、武士らしく、髪を伸ばします」

「しかし前田家への聞こえもある。前田慶二郎を名のるわけにはいくまい。穀蔵院ひょっと斎ならば、坊主頭のほうがよいではないか」

「髪を伸ばして、有髪院ひょっと斎と改めます」

「ばかに髪の毛にこだわるのう」

「はあ、つらつら思うに、坊主頭では、女人に好感を与えません」

「ふむ」

「お城に上がれば、名だたる越後美女雲のごとくおりましょう。生来おしゃれの慶二郎――いや、ひょっと斎、坊主頭では気がひけます」

「ふ――む、べっぴんの女房がいると聞いたが、それでも、女のことがそれほど気になるか」

「もちろんです。だいいち、そのべっぴんの女房が、昨夜、坊主まくらを、この坊主頭とまちがえて、いとしげに抱きしめて眠りおりました。がまんのならぬ仕儀でございます。断じて、髪を伸ばします」

「あきれた男だな」

「こと、女に関しては、景勝公からお許しがあったはずです」

「よしよし。それなら、いっそのこと、ひょっと斎という妙な名も改めたらどうだ」

「いや、これは、このほうがいいのです」

「なぜだ」

「ひょっと斎――というので、お城の女中衆、どんな珍妙な男かと思っているところに、眉目清秀の美青年が、しずしずと現われる――最も効果大なるものでしょう」

「好きなようにせい」

山城守が、春日山城に戻って、景勝に委細報告した。

「どうも、尋常のわくにはまらぬ奇妙キテレツな男のようでございます」

「そのほうがかえっておもしろい。世が世であれば、前田の嫡統として、加賀の大守になったかもしれぬ男だ。たいていのことは大目にみて、かわいがってやれ」

髪が伸びるのを待って、晴れの盛装をこらした慶二郎が、春日山の本城に登城した姿は、さすがに、並みいる家臣連中も、うーむとうなったほど、りっぱなものであった。

かねて、ひょっと斎という風変わりな男についてのうわさを聞いて、どんな珍妙な坊主かと話し合っていた侍女たちの驚きと、喜びようとは、いうまでもない。

まさに、演出効果一〇〇パーセントの登城ぶりである——どんなものだ。

慶二郎は、あごをなでて、うそぶいた。

が、どうやら神妙にしていたのは、初日だけ。二日めには、少々酒くさい息を吐きながら出仕、三日めには、ばくちで徹夜して、とろんとした目つきで登城した。そのうち、美しい侍女たちに。それとなく横目をつかいだしたが、これはどうもあまり効果がない。

そのはずである。山城守から、奥向き女中一統に対して、内々、はなはだかんばしからぬ情報が流されていたのである。いわく、

――ひょっと斎という男に心許すな。きゃつは、加賀能登に悪名高き稀有の女たらしだぞ――

※　※　※

文禄元年、征韓の役。

上杉景勝も、秀吉に従って、肥前名護屋に出陣する。

留守居役は、直江山城。

慶二郎はもちろん。景勝に従って出陣することを希望したが、許されなかった。

「名護屋には、前田大納言も行っているはず。あそこで前田藩中のものと顔を合

わしては、まずいだろう」

と、いうのである。

——半島美人と歓を尽くす絶好の機会を、みすみす逸してしもうた。

と、慶二郎、すこぶる不満である。

しかし、春日山城の留守部隊も、朝鮮の戦況いかんによっては、いつ出動を命ぜられるかわからないから、連日、城内で武技を練っている。

その一日——

長槍組の連中が、二の丸の広場で、槍のけいこをしていると、ひとりが、目ざとく、かなたからやってくる慶二郎の姿をみつけた。

「おい、ひょっと斎殿がやってくるぞ」

「おう、槍のけいこの仲間入りをされるつもりかな」

近づいてきた慶二郎の背後につきそっている槍持ちがささげている槍をみて、一同が、

「や、あれは」

と、目をむいた。柄をすべて朱塗りにした、いわゆる皆朱（かいしゅ）の槍なのだ。水野藤兵衛という男が、つかつかと進み出て、慶二郎にいった。

「ひょっと斎殿、いささか伺いたい」

「なんだ」

「あなたは、いつ、皆朱の槍を許されたのです」

「だれにも許されはせん。以前から、これを使っている」

「それはいけません。上杉家では、朱塗りの槍は、戦場で武功抜群の者にのみ許されるのです。今のところ、これを許されているのは、宇佐美弥五左衛門（うさみやござえもん）殿ただひとりです」

「そうか。しかし、おれは、父の代から、この槍を使っているのだからしかたがない」

いくたびか戦場に出て、槍先の功名を立てながら、いまだ朱塗りを許されぬ貝塚・水野・飯村といった連中が納まらなくなった。

一同、うちそろって、直江山城のところに出かけていって、厳談する。

「ひょっと斎殿の朱塗りの槍を禁止してください。前田家ではどういういわくがあるにしろ、上杉家中の一員となった以上、上杉家のしきたりに従わせるのが当然でしょう」

「もっともだ。わしが言いきかしてやろう」

山城守が慶二郎を呼んで、注意したが、慶二郎はがんとして聞かない。

「これは、父以来、わが家のしるしとして用いているもの、断じて、ひっこめません」

「それはそうだろうが、若い者がうるさい、遠慮してくれ」

「遠慮しません。若い者に言い分があれば、わたしが引き受けましょう」

長槍組の連中一同が集まっているところにやってきた慶二郎が、

「おのおのがた、ひょっと斎が朱塗りの槍を持つことに不満だという。問答しても無益だ。実力で争おう。だれでもよい、槍をとって、おれと試合しろ。おれが負けたら、ただちに朱塗りの槍を真二つにへし折ってやろう」

堂々と、正面切って挑戦されては、血気にはやる連中も黙ってひっこんでいるはずはない。

う」

「加賀ではどれだけ名を売ったか知らぬが、越後武士の骨っぷしを見せてくれよう」

「人もなげな高言」

まっ先に人を分けて飛び出したのが、貝塚理右衛門、佐分利流の名手と聞こえた男である。

「ひょっと斎殿、お相手致そう」

二間半の特大けいこ槍をひっさげて、りゅうりゅうとしごく。佐分利流は、槍のくり出し、くり込みの妙を得意とする。のちに、籠手を守るため、大きな鉄つばを槍の柄に通し、管を握って、その管の中をすべらせて槍を出すようにした管槍をくふうしたのも、この流派である。

目にもとまらぬ早わざで、二間半の大槍が三尺にちぢみ、二間にのび、慶二郎をねらった。

慶二郎は一間半の槍、七分三分の位に柄をにぎって突っ立ったままである。

脾腹突きの一閃、理右衛門のくり出した槍先が、まさしく慶二郎の腹を突いたと見えた瞬間、慶二郎の手中に槍が一回転し、理右衛門の長槍をポーンと突き上げた。慶二郎の槍の石突きがピタリと理右衛門の胸先五分につきつけられている。

　こじり返しの妙術だ。

「参った」

　代わって出たのが。水野藤兵衛。これは塚原卜伝（ぼくでん）の高弟本間勘解由左衛門（かげゆざえもん）に学んで、本間流の皆伝を受けた男。豪放なかぶと突きの名手である。

　一間半の短槍をつかんで、敵の正面に猪突し、しゃにむに相手の頭を突き刺すのだ。

　額のまっこうに、藤兵衛の猛烈な刺撃をたたきつけられた慶二郎、二度三度と、右に左にかわしたが、つつつと身を沈めると、相手の虚を突いて、さっと、内またに穂先を突き入れた。

　明門突きといって、実戦ならば、相手の局部を貫く、最も危険な一手だ。もちろん、この時は、慶二郎の穂先は軽く、藤兵衛の局部にふれただけ。

モれでも、藤兵衛は顔をしかめて、飛び上がった。

「痛、た、た、——参った」

藤兵衛が退くと、慶二郎は、そばに来て、緊張したおももちで見つめていた宇佐美弥五左衛門に向かって、

「どうだ。宇佐美氏」

と、微笑していう。

宇佐美は、上杉家中で皆朱で槍を許されている唯一の男。大きくうなずいて、

「ひょっと斎殿、お相手つかまつろう。ただし。拙者、高観流の直槍をいささか習いましたが、だいたいは戦場で自得したもの、戦場のつもりで、馬上で試合いたしたい」

「よかろう」

ふたりとも馬にうちまたがって、相対する。今度は双方とも、二間の大槍だ。試合ぶりも今までとは違う。右手に槍を握って、びゅうーん、びゅーんとふり回

し、相手の横づらをぶんなぐり、頭をぶったたき、馬の首をひっぱたく。

合戦の場合には、だれでもこうするのだ。

慶二郎と弥五左衛門、互いに馬をはせちがい、槍を打ちかわして、汗みどろになって戦っていたが、なかなか勝負がつかない。

が、馬術のほうで、慶二郎がややすぐれていたのか、両馬かけ違ういっせつな、慶二郎は馬上に身を横倒しにして、相手の馬のわき腹をしたたかに突いた。

弥五左衛門の馬が、高くいなないて棒立ちとなり、馬上の主の構えのくずれたところを、慶二郎、すかさず腰をついて、くらつぼから、たたきおとした。

最後の頼みの綱とした宇佐美まで、むなしく敗れたので、長槍組の連中、ぼうぜんとして、声も出ない。

慶二郎、汗をぬぐってにっこり笑い、

「気を落とすな、おのおのがたが弱いのではない。このひょっと斎が強すぎるのだ。宇作美氏はもちろんのこと、水野といい、貝塚といい、どこへ持っていっても一流の名手で通るりっぱな腕だ。おれが、よいように計らってやる」

そのまま山城守のところへ行って、説いた。

「あれほどりっぱな腕を持っている連中に、なぜ、朱塗りの槍を許さないのです。かれらのすべてにこれを許して、上杉の皆朱隊とでも名づければ、一同、いやがうえにも励んで、天下無敵の強槍隊ができるではありませんか」

直江山城も、かねて、朱塗りの禁が少しきびしすぎると考えていたところだ。慶二郎の進言を採択し、景勝に使いを派して、許可を求めた。

まもなく景勝の許しがおりて、あらたに編成されたのが上杉皆朱長槍隊――

その主将となったのは、いうまでもなく、前田慶二郎――有髪院ひょっと斎であった。

## 六

文禄二年春、朝鮮に渡って、釜山(ふざん)城修築の任を果たした上杉景勝は、当然、進撃を命じられるものと思っていたのに、帰国を命じられ、秋九月、春日山城に戻ってきた。

直江山城守が、景勝の前に出て、

「まずは、ご凱旋おめでとうございます」

と、あいさつすると、景勝はケロリとして、

「いっこう、めでたくない」

「はあ」

「合戦をするつもりで行ったのに、石運び、土掘りをやらされただけだ」

「なるほど」

「そのうえ、来春になったら、また京へ上って、伏見城を築くてつだいをしろ、といわれた」

「太閤、なかなか考えましたな」

「うむ、せいぜい、わしの財力を消耗させようというのだろう」

「けっこうですな」

「貧乏になるのが、なぜ、けっこうだ」

「海を越えて勝ちめのない合戦をやって、だいじな家臣たちを殺すより、金の減るほうが、ずっとましでしょう」

「それも、そうだな」


翌年の春になると、景勝は、上京して、おとなしく、伏見城の築造のてつだいをはじめた。

慶二郎は、依然、留守部隊。

半島へ出陣する見込みもなくなったので、家中一同、やや気の抜けたようだ。

そうなると、そろそろ頭をもたげるのが、慶二郎の腹の中にいるうわきの虫だ。

家中の下っぱの若い武士たちをつかまえて、

「おい、藤川、どうだ、今夜つきあえ。村井も、吉松も、いっしょに来い」

「はっ」

と答えたものの、若い連中にしてみると、相手は、加賀前田の一門、六千石の大身、酒や女遊びの仲間としては、いささかけむったい。ためらっているのをみて、

「何を遠慮する。おれは、藩の重役連中のような、しかめっつらをしたやつらは好かん。おれも若い、おぬしたちも若い、無礼講でいこう。会計は、このひょっと斎が、いっさい引き受ける。遠慮なく飲み、遠慮なく抱け」

こうまでいわれれば、どのみち、好きな連中、遠慮するやつはない。

「されば、ひょっと斎殿」

「お供いたしましょう」

毎夜のように、五人、十人と、若いものをひきつれて、宇佐美邸の南方の繁華地帯に出没し、景気よく遊ぶ。

いちばんよく飲み、かつ食い、かつ女に手を出すのは、もちろん、慶二郎である。

「だいじょうぶですか。もう三夜つづけてお屋敷にお戻りなさいませんが、奥方逆鱗ではありませんか」

「ばかいえ。うちの奥方どのは、そんなけちな奥方どのではない」

「うらやましいことです」

「あたりまえだ。なにしろ、おぬしたちも知っているとおり美人で、気だてがよくて、やきもちはやかず、血の道は起こさず――」

「そんなよい奥方を持っていらして、なぜ、うわきばかりなさるのです」

「うわきをしたいから、文句をいわぬ、よい女房を持ったのだ」

「変な理屈ですな」

「理屈は、みんな変なものだ」

「はあ」

「わかったような、わからんような顔するな」

「実は、あまりよくわからないのです」

「頭が悪いからだ。もっと酒をのめば、少しはよくなる」

「酒をのむと、頭がよくなりますか」

「そうだ、そのうえ、ばくちを打てば、もっとよくなる」

「へーえ」

「何より、おれがいい証拠だ――あっはっは。変なつらをするな。だいたい、ばくちを打つと、天下の形勢が、手にとるごとくわかるようになる」

「そうでしょうか」

「天下のこと、ことごとく、これ、ばくちならざるはなしだからな。みろ、大閤の征韓の軍も、大ばくちだ」

「それは――そうでしょうな」

「今のところ、勝ちいくさで、調子がよいように見えるが、そのうち、どかんとやられる」

「負けますか」

「負ける。そこで。さっと切り上げてしまえばよいのだが、ばくちのへたなやつには、それができん。追いかけ追いかけ、ますますへたな手をうつ。そのあいまに、ちょっといいサイの目でも出れば、夢中になって、結局、すってんてん、一物も残らなくなって、はじめて、しもうた、とホゾをかむ」

「太閤殿下は、へたなばくち打ちですか」

「若いころは、なかなかきっぷのいい度胸ばくちを打ったたし、ことに、引き揚げぶりはみごとだったらしいが、もう、もうろくしたな。若くて油ぎっている茶々殿（淀君）などにうつつをぬかして、精魂つき果てているのだろう。ひひじじい」

「ひひじじい！」

一同あきれ返って、目をまるくした。たとえ、陰にでも、太閤殿下にこれだけのことを放言する者はない。

慶二郎にしてみれば、おまあを奪い去った恋がたきだ、ひひじじいどころか、しょうじょうやろうの助平太閤と思っている。

遠慮会釈なく、大声で、太閤秀吉をののしるので、一同閉口した。ようやくなだめすかして、何日ぶりかで、馬場近くの慶二郎の屋敷に送り込むと、小夜が玄関に出てきて、

「おかえりなさいませ。だいぶご出精の様子、皆様、ご苦労に存じます」

きらりと、北斗星のようなひとみでにらんだから、若い連中、首をちぢめて、

「はっ、いろいろと、公務多端でござりますれば――」

あいさつもそこそこに飛び出して、わきの下をふいた。

※　　※　　※

一度和睦のととのった朝鮮との間にふたたび戦端が開かれて、戦局は、どろ沼にひきずり込まれたように、にっちもさっちもいかなくなっている慶長二年春。景勝に対して、突然、会津若松へ移封の命が出た。

正月の祝いの席で、秀吉が、景勝に、なにげないふうに尋ねたのである。

「上杉殿の領地は収入いかほどぐらいかな」

「せいぜい、七、八十万石ほどでございます」

実収は二百万石近いのだが、うっかりそういって、また何かの工事でもいいつけられてはたまらない、と思ったのだ。

ところが、秀吉のほうが、一枚うわ手だった。即座に、

「ほう、たったそれだけか。あれほどの部下をかかえて、それではたまるまい。会津を進ぜよう、百二十万石ぐらいはあろう」

ときた。

いやとはいえぬ。

「ありがたきしあわせ」

涙をのんで、引きさがった。

物資豊蝕の名だたる米どころ、越後から、貧しい山国の会津へ移封だ。家中一同、かなえの沸くように騒ぎたてたが、直江山城が一喝してしずめた。

「騒いでも何にもならぬ、今のところ、当家独力で、太閤に刃向かう力はない。どうせ、かなわぬものなら、黙って、いうことを聞くほうがよい。そのかわり、一本くぎを打ってこよう」

山城守みずから上京して、秀吉に拝謁した。

陪臣ながら、山城は諸侯並みの扱いである。

秀吉の顔を恐れげもなく見上げて、

「殿下には、主人景勝一本してやられたように存じます」

「ほう、何のことかな。七十万石から百二十万石になって不足かな」

秀吉が、そらとぼけた。

「国の収入は、米ばかりではございませぬ。佐渡の金山は、会津にはございませぬ」

「ほう、それは気づかなかった」

「魚沼の漆蝋（うるしろう）、越後一円の苧麻（ちょま）と縮布（ちぢみぬの）、越中のさけ、西浜谷の馬、いずれも会津にはございませぬ」

「国替えが気に入らんというのか」

秀吉の声が鋭くなった。

「とんでもないことでございます。殿下の仰せに、何で否やを中しましょう。ただわたしめは上杉の財用方を引き受けております身として、一応申し上げただけのこと。主人景勝以下家中一統、大喜びでございます」

「ふん」

「何にいたせ会津は、万一の場合、奥羽両州の押えとなるべき屈強無二の要害の地、これを主人景勝に賜わりましたことは、とりも直さず、殿下が景勝をご信任あそばすしるしと、随喜いたしおる次第にございます」

「そうか」

秀吉のさるづらが、少し柔らかくなった。

「つきましては、征韓の陣もすでに久しく、国内遠隔の地に、いついかなる珍事出来(しゅったい)いたすかもしれませぬ。景勝長年統治の越後ならばとにかく、全くはじめての土地に参りまして、民治防備共にいささかなりとも手ぬかりがありましては、殿下のご信頼に対して申しわけなき次第、まことにかってながら向こう三カ年、景勝の上洛お免じいただき、在国して専心奥羽の固めに当たりとう存じまする」

「三年在国か――よいだろう」

何と思ったか、秀吉は、案外あっさりと、山城守の願いを許してくれた。

山城守が春日山に戻ってくると、ただちに、会津へ移転のしたくにかかる。

なにしろ、父祖以来の土地ではあるし、大々名のことだから、たいへんな混雑だ。

いちばん問題になったのは、春日山城内にある不識院殿真光謙信の墳墓を、どうするか、ということである。

「ご先代謙信公は、この春日山城でご生誕になり、この春日山城でなくなられたのだ。当然、ここにおとどめすべきであろう。会津若松には、別に廟を設けて、おまつりすればよろしい」

というものがある。

「いや、ご先代こそは上杉家今日の基を開かれた英傑であられる。当上杉家あるかぎり、守護神として、謙信公のご遺棺は、離すわけにはいかぬ。当然、若松におうつしすべきだろう」

と、主張するものもある。

双方一理あるので、景勝も決しかねた。

いつもことあるごとに、何か文句をいう慶二郎が黙っているので、

「ひょっと斎どの、どう思われる」

と、たずねられると、

「拙者は、加賀からの飛び入り。かようの大事は、譜代のかたがたのご決定に待つだけだ」

と、いつにない殊勝な答えである。

結局、春日山城下の住民たちの願いで、謙信の遺棺は、城内に残していくことになった。城下の住民の代表たちから、

「殿さまはじめ、ご家来衆すべてが会津へ移ってしまわれたうえ、ご先代さまの墳墓まで移されては心寂しゅうてなりませぬ。どうぞ、お残しくださいませ」

と、願い出たからである。

城内の謙信廟墓は、大乗寺、妙観院、宝幢寺(ほうとうじ)の三寺の住職に命じて守護せしめることにした。

かくて、慶長三年春、景勝は、部下一同をひきつれ、二十年統治した春日山城を去っていったのである。

景勝のあとに、春日山城主となってきたのは、堀左衛門督(さえもんのすけ)秀治(ひではる)であった。

※　※　※

「上杉家の廟墓が、当城内にあることは、はなはだ迷惑である。国替えになった以上、廟墓も移していただくか、少なくも城外に改葬していただきたい」

こういう申し入れが、堀左衛門督から、会津若松城の景勝のところにもたらされたのは、それからまもなくのことである。

「無礼なやつ！」

と、おこってみたが、自分たちが相手の地位に立ったとして考え直してみれば、その言い分にも、一応の理屈はある。

「城外に改葬するくらいなら、いっそのこと、若松城へお移ししよう」

評議一決——岩井信能、広居忠住、志賀与総衛門、栗生美濃が、景勝の命を受けて、遺棺奉遷のため、春日山城へ行くことになった。

すると、慶二郎が、のさばり出て、

「わたしも参ります」

「なぜだ」

「何かごたごたが起こりそうな気がします。そんな時、風来坊のわたしがいたほうがいいでしょう」

景勝が、山城守のほうを、ちらとながめると。山城守が、軽くうなずいて、

「ひょっと斎、なんとかいって、春日山城に残した女どもに会いに行きたいのだろう」

「はあ、それも、あります」

しゃあしゃあとして答えた。

「しかし、それだけではありません。きっと、役にたつことがあります」

「そうか。それでは、行くがよい」


春日山城下にやってくると、岩井信能以下使者の連中は、堀家との折衝や、守護をしていた三寺の住職たちとの打ち合わせなどで、忙しく動きまわっているのに、慶二郎ひとりは、町に出て、昔なじみのところを一日遊びまわっている。

とろんとした目つきで、旅宿へ戻ってくると、岩井たちが、額を集めて、困惑

した顔つきだ。

「やあ、おのおのがた、どうなされた」

「ちょっと、めんどうなことが起きた」

聞いてみると、林泉寺の和尚発心師が遺棺の若松奉遷に大反対で、町民を扇動し、自分の寺に改葬せよと言いだしたという。

「なにしろ、林泉寺は、先代謙信公が、ご幼少のころからお住まいなされ、先代住職宗謙は、ことのほか尊信なされていたのだ。ご当代景勝様におかれても、宗謙とその後をついだ発心だけに、特別扱いにされていたのだから、少々困っている」

「明日、若松にだれか戻って、殿のご意向を伺ってくることにするよりほかはあるまい」

黙って聞いていた慶二郎が、くわっと両眼を開いて、どなった。

「ばかなことといわっしゃい」

「なにっ」

「殿は、はっきり、若松へおうつししろと命じられたのだ。林泉寺の和尚が反対したらよせとは、いわれなかったはずだぞ」

「うーむ」

「われわれは殿の家来だ、林泉寺の納所坊主ではない」

「それは、そうだが、なにしろ、相手は発心和尚なのだから」

「発心もくそもない、どんなやつか見たことはないが、わしが、説き伏せてくれる」

すぐにも飛び出して行こうとする。

「これ、ひょっと斎殿、待ってくれ。あまり乱暴なことをいっては困る」

「えい、任せておけ。こんなこともあろうかと、ひょっと斎がでばってきたのだ」

むぞうさな着流しのまま、酒くさい息を吐きながら、林泉寺にやってきた。

「坊主、坊主、発心坊主はいるか」

方丈の前に突っ立ってどなった。前領主景勝でさえ、御坊と呼んでいた発心だ、坊主坊主と呼びすてにされて、大きな目をぎょろりと光らせて、たち現われた。

「どいつだ、真昼間から、親不孝な声を出すやつは」

「ははは、おれだ」

「なんじゃ、酒をくろうておるな。葷酒、山門にはいるを許さず。帰れ。帰れ」

「許さなくても、もうはいってしまったのだ。坊主、そこにあるのは、碁盤だな、どうだ、一席やろうか」

「あほうめ。酒に酔うた頭で、満足に石が打てるか」

「あっはっはっは」

「何じゃ、そりゃ」

「くそ坊主相手に碁を打つのに、しらふで打てるか。もう二、三升飲んでからが、ちょうどよいくらいだ」

「気ちがいめ、早く帰れ」

「こわいか、おれが」

「なに」

「酔っぱらい相手に碁を打って負けたとあっては、平素の高慢づらが恥ずかしいだろう。よし、帰ってやろう。くそ坊主、安心しろ」

「こらッ、待てッ」

「なんだ、あやまるのか、くそ坊主」

「あほうめ、座敷へ上がれ。一せき相手になってやろう」

「ほう、それは感心だ」

「そのかわり、わしが勝ったら、その酔いのいっぺんにさめるくらい、ぶんなぐるぞ」

「よし。おれが勝ったら、――おれの注文を一つだけ聞け」

「ふん、どうせ、わしの勝ちだ」

「うぬぼれと隠し女のいない坊主はいない、とはよくいったものだ」

「何をぬかす、気ちがいめ、さっさと上がれ」

かんかんにおこらせておいて対局した。

慶二郎、勝負事は何でも心得ている。それも、名人芸の域に達している。

発心和尚、たちまちのうちに形勢不利、

「どうした、くそ坊主、顔色が悪いぞ」

「黙れ、日の加減だ」

「そうか、こう切ったら、日の加減が、どうなるかな」

「うーむ、くそッ、首をもっとそっちにやれ。酒くさい。い、いまいましい気ちがいめ」

うなりうなり打っていたが、ついに和尚、六目の負け。

「くそ坊主、どうだ」

「何でもいい。早くその注文というのを言って立ち去れ、胸くその悪いやつだ」

「ようし、いうぞ。謙信公廟墓移転に、いっさい文句をつけるな、わかったか」

「あっ、会津から来たやつだったのか。それはいかん」

「ばかッ」

大喝一声、突っ立った慶二郎がげんこつを固めて、和尚の頭を、したたかになぐりつけた。

「な、なにをするッ」

「仏の弟子が、いったん約束しておきながら、何をぬかす、恥を知れ」

「黙れ。ほかのこととは違う。謙信公と当林泉寺とは、切っても切れぬ因縁があるのだぞ」

「くそ坊主、その因縁切れと、だれがいった」

「たった今、廟墓を若松へ移すというたではないか。どあほうめ」

「廟墓が若松に移ったら、林泉寺も若松へ移ればよいのだ。そのくらい分別ができないのか。何のために長年かゆをすすったぞ、くそ坊主」

「林泉寺を——若松に移す？」

　しばらく目をすえていた発心が、大きくうなずいて、

「なるほど、これはやられた。我執にとらわれて、無住無我の心を忘れておったは、愚僧の誤り、負うた子に教えられたようなものじゃ」

「おわかりいただきましたか。さすがは、名にしおう名僧発心殿です」

「こいつ！」

　数日後。城内謙信廟は、石槨(せきかく)小砂利(こじゃり)に至るまで、余さず取り払われ、会津からきた本手明組が奉舁(ほうよ)し、春日山城下を離れた。

その最後尾に、慶二郎と発心和尚とが、何やら愉快げに話し合いながら。歩いていたのである。

# 七

意気揚々として越後から引き揚げてきた慶二郎、すっかり林泉寺の発心和尚と気が合って、毎日のように出かけて行く。

発心は、これも越後からひっこしてきた頑鉄和尚の法音寺に居候している。

「林泉寺を、この地にも建てたらよいだろう、いかようにも援助する」

と、景勝がいってくれるのだが、発心は、

「めんどうですから。当方、頑鉄の居候になっております、ご心配なく」

と、すまし込んでいるのだ。

きょうも、慶二郎が、法音寺に出かけたあと、慶二郎の屋敷に、妙な来客がやってきた。
二十一、二の、肉づきのよい、ちょっと渋皮のむけた女である。着つけのだらしなく、どこやら色っぽいところ、堅気の娘とは思えぬ。

「これこれ、どこへ行く」

さっさと門をくぐってはいろうとするのを、辰之助が見つけて、とがめると、

「有髪院ひょっと斎殿のお屋敷は、ここでしょう」

といって、白い歯をみせた。

「そうだ。おまえは、何だ」

「わたしは、越後春日山からきたひょっと斎殿の奥方です」

「ええっ」

辰之助は目を白黒させた。

「なにをいうとる、気でも狂ったか」

「会津では、まともなことをいうと、気が狂ったというのですかいな」

「たっ、こいつ、ふざけると許さんぞ」

「ほほほ、はよう、ひょっと斎殿に、わたしがきたと取り次いでくださいな」

泰然としている。目つきをみても、別に気ちがいのようでもない。

辰之助は、庭先を回って、小夜を見つけた。

「奥方」

「はい」

「あの、奥方がみえました」

「えっ、どなたの奥方です」

「それが、ご当家の奥方なので」

「何をいっているのです。ご当家の奥方は、わたしではありませんか」

「そのはずなのですが、しかし、ご当家の奥方と称する女が、春日山から参りましたので」

「辰之助、だんなさまのお供で、お酒が過ぎて、少々ぼけましたね」

「いや、そんなことはありません。酒を飲むと頭がよくなると、常々だんなさまもいっておられます」

「ばかなことをいってないで、そのひとを案内していらっしゃい。わたしが会います」

「はっ」

と、かど口のほうへ戻ろうとした辰之助が、

「あっ、奥方、もひとりの奥方があそこに来ました」

先刻の女が、しゃあしゃあとして、庭のほうへ回ってくる。

「いいお庭ですこと。だんなさまは？」

小夜が憤然として、縁の上から叫んだ。

「そなた何者です。慶二郎の妻などと、たわけたことを申して、許しませぬぞ」

「ほほほ。もともと、わたしがいうたのではありません。こちらのだんなさまが、未来永劫わしの妻じゃ、といわれたのです」

「えっ」

慶二郎のことだ、出まかせに、そのくらいのことは、言ったかもしれぬ――

と、小夜は、どきりとした。

「だんなさまは。どこにいるのです」

相手は、食いさがってくる。小夜は、覚悟を決めて、

「だんなさまのいるところに案内しましょう」

女を連れて、近くの法音寺へやってきた。

寺の方丈で、発心、頑鉄と談笑していた慶二郎が、目ざとく、その姿をみつけて、

「やっ、来おったか。しもうた」

と、とんきょうな声をあげた。

女は、つかっかと近づいてきて、

「だんなさま、しばらく。ご不自由だったでしょう。きょうからわたしが、お側で、お世話いたします」

とろりと、溶けるような笑顔をみせた。

「あなた、この女は、いったい、何者です」

小夜が、まなじりをつり上げていう。

「いや、それは、つまりその、なんだ、わしが、このあいだ越後に行った時の、その、一夜妻だ」

「一夜妻？　だんなさま、それは妙ですこと。あの時、だんなさまは、未来永劫わしの妻じゃ、といわれたはずです」

「うん。それは、つまり、酒のうえのちょっとのたわむれ」

「へええ。上杉さまのご家来は、平気でうそを並べて女をだまし、操を奪っておいて、酒のうえの戯れで済ますのが普通なのですか。これは驚いた。ああ驚いた、びっくりした。上杉家のお侍はうそつきぞろい、女たらしの人でなし、ああ驚いた、あきれた」

　遠慮会釈なく、大きな声でわめきたてた。

　発心と頑鉄は、おもしろそうに笑っているのだが、小夜は、もう完全にヒステリーの兆候を示している。

　女は、調子に乗って、

「ひょっと斎さま、だんなさま、わたしはだまされてもいいが、このおなかの子は、どうしてくださるのです」

　たしかに、三カ月ぐらいにはなるふくれたおなかを、ことさらつき出してみせた。

「何、おなかの子。ほほう、まるで弁慶みたいじゃな。たった一夜で、子をはらませたとは、さすがは名うての色豪ひょっと斎だ」

頑鉄が、ひやかす。

やや、てれくさそうに、苦笑していた慶二郎が、何と思ったか、その時、すっくり立ち上がって、縁側に出た。

「わしの子をはらんだというのか」

「ええ、ええ、このとおり」

「なるほど——ふくらんだな」

慶二郎の大きなひとみの中に、いたずらっ子のような色が浮かび、愉快な光が、ちらっと輝いたと思うと、裂帛（れっぱく）の一声、

「えいっ」

刀身が、横に弧を描いて銀色に走り、女の帯と衣が、ばらりと裂けた。

「あっ」

「ははは、わしの子は、竹のざるか」

女は、裂けた衣からころがり出た竹のざるを、足でふみつけると、ぎりぎりぎりと歯を鳴らした。

「畜生、性悪男め、恥知らず！」

と、悪態をたたき、じだんだ踏んでくやしがる。

「おこるな、おこるな。せっかくのべっぴんが台なしになる。越後から出張ってのひとしばい、相当金がかかったろう、これを持っていけ」

慶二郎が、一両小判三枚投げ出した。

「ええい、こんなはした金、だれが貰うものか」

女は、慶二郎をにらみつけていたが、とても勝ちめなしとみたか、さっと小判をひっさらうと、憎々しげにつばを吐いて、去って行った。

「はは、ひょっと斎、あぶなかったな。どうして、ざると見抜いた」

「ふくらみようが、違います。ほんとうにはらんでいる時は、それ、このようになだらかに、美しくふくらむ」

そばの小夜の腹部を指さした。

「あれ、あなた、何を――」

小夜は、まっかになって逃げ出した。

「ははは、あんな美女の女房をもっていながら、旅先で、いかものに手を出すからいかん」

「いや、あの女め、いかどころか、たこのように吸いつきおったのです」

※　※　※

慶長三年六月、以前から思わしくなかった太閤秀吉の病状が、とみに悪化した。

全国の大小名は、見舞いのため、続々と、伏見へ上る。

在国三年の約束は得ていたが、太閤危篤とあれば、見舞いには行かねばならぬ。景勝は、部下をひきつれて上洛した。

今度は、何と思ったか、慶二郎を供に加えた。謙信廟墓奉遷の際の手腕を認め、何か急の役にたつと思ったのかもしれない。

上方にやってきてみると、伏見から京、大阪一帯にかけて、全国の大小名とその部下たちで、大混雑である。

景勝は、洛東の屋敷にはいった。

慶二郎を呼んで、

「前田利家殿も、在京中だ。先年のこともあるゆえ、なるべく出歩かぬようにして、前田藩中の者とは、ことを起こさぬよう」

と注意したが、かえって、逆効果になってしまった。

「前田のやつらを恐れて、屋敷中にひきこもっていたとあっては、このひょっと斎の男が立たぬ。売られるけんかなら、いつでも買ってやろう」

ことさらに、はでなよそおいをして、辰之助ひとりをつれて、京の繁華街を、毎日のように出歩く。

どうしたわけか、いっこうに、前田藩の連中には出会わない。

「つまらんな、辰之助。加賀のやら、どうしたというのだろう。皆が皆、かぜひいて寝込んでいるわけでもあるまいに」

「はあ、つまりませんな」

「何かうまい考えはないか」

売られたけんかを買うどころではない。こっちから、なんとかして、けんかを売りつけてやろうというのである。

「だんなさま、わたしに、よい考えがあります」

「なんだ」

「いや、今、ふっと浮かんだのですが――また、ふっと消えてしまいました。酒を飲めば、頭がさえて、思い出すかもしれません」

「いやな催促をするやつだな。よし、一杯やりにいこう」

いいかげん酔っぱらってから、

「どうだ。辰之助、思い出したか」

「へえ、日本一の妙案があります」

「よし、おまえに任かす、やってみろ。できるだけ、はでにやれ。けんかは大きいほどおもしろい」

「だんなさま、どうも酒を飲むと、わたしとだんなさまの考えは、全く同じになりますな」

あくる日になると、辰之助は、どこで仕入れてきたのか、烏帽子（えぼし）、十徳四布（じっとくよの）ばかまという格好で、慶二郎の愛馬松風の手綱を引いて、鴨川の河原に降りていった。

馬のひずめを、川の水につけて、冷やしてやる。

そのそばで、扇をひろげ、足拍子おかしく、幸若舞いを踊りながら、大声でうたうのである。

「この馬は、
あかいちょっかい皮ばかま、
いばらかくしの鉄甲、
つるのとつさか、堅烏帽子（かたえぼし）、
前田慶二の馬でそうろう」

だれがみても、天下の逸物と思われる名馬だけでも人目をひくのに、異様な風体をした男が、大声をあげて、うたい、かつ踊るのだから、たちまち評判になる。

「ほほう、あれが、うわさに聞く前田ひょっと斎の松風か」

「どれどれ。うむ、りっぱな馬だ。近くに寄ってみよう」

河原に降りてきて、松風のそばに寄り。馬の首をなでて、感心する。

「いかさま、抜群無類の馬だな」

辰之助は、すかさず、

「そうでしょう。なにしろ、加賀能登きっての名馬です」

「なるほど」

「松風がいなくなってからは、前田藩に名馬なし——といわれます」

「ほほう」

「馬ばかりではありません。馬の主人ひょっと斎慶二郎殿がいなくなってからは、前田藩士に人なし——といわれます」


こんな人もなげな広言が、いつまでも、前田藩士たちの耳にはいらないでいるはずはない。

「けしからんことだ」

「あの馬丁め、たたき斬ってやろうか」

「いや、あんな下賤の者を斬っても何もならん。かえって、わが藩の恥だ」

「そうだ、そうだ。前田慶二郎めを、たたき斬ってやらねばだめだ」

「よし、やれ」

議論は、簡単に一決したが、さて実行となると、そう簡単にはいかない。なにしろ、慶二郎には、一度ならず手ひどいめに会わされている。

京のまん中で、しくじったら、天下の笑い物。

そのうえ、今は、太閤危篤で、諸大名ことごとく恭慎の意を表しているさいちゅうだ。

「せいてはいかん。よい機会をねらうのだ」

「やつを、どこか少し遠いところに、おびき出すのがいいな」

ひそひそ額を集めて、相談を始めた。

※　※　※

慶二郎のほうは、もうそろそろ前田藩の連中が、たまりかねて文句をつけてくるころだと心待ちにしながら、毎日、景勝の目を盗んで、京の町じゅうを、歩きまわっている。

やなぎの遊郭は、最も足しげく通うところだ。

ここは、天正十七年、足利家被官であった原六郎左衛門と林又一郎とが、秀吉に願ってこしらえた傾城(けいせい)町である。

京極万里小路(までのこうじ)を東西とし、冷泉(れいぜい)押小路を南北とする二町四方の地だが、万里小路の通りにやなぎを植えて風致を添えたので、俗にやなぎ町といった。

そのやなぎ町遊郭のきっこう屋という大きな店で、大ぜいの女たちに、酒をのんで騒ぎちらしていると、ひとりの女が、

「ひょっと斎さま。あした、鴨河原に涼みに連れて行ってくださいませ」

といいだした。

皆が、わーっと賛成する。

「よしよし。あしたは、勤めがあるからだめだが、あさってなら、連れていってやろう。なるたけ、大ぜいついてくるがいい」

七条河原の対岸、伏見街道にそって、そのころ、能舞台がくまれ、勧進能が盛んに行なわれていた。

その近くの河原一帯が、ひるの暑さを避ける都民たちの納涼でにぎわう。

慶二郎の一団は、河原にうすべりを敷いて大騒ぎ、涼むのが目的だか、酔って歌うのが目的だかわからぬありさま。

慶二郎が、へべれけに酔ったと思われるころ、女たちがいいだした。

「ひょっと斎さま、すごろく勝負をしましょう。負けたものが、身につけたものを一つずつ差し出すことにして」

「よかろう」

どうせ、おなご相手の遊びと思うから、慶二郎は、気まえよく負けてやる。

羽織りをとられ、着物をとられ、腰の物をとられ、ふんどし一つになってしまった。

いずれ、あとで、いくらかの金を引き換えにかえしてはくれるのだが、真昼間、ふんどし一つの姿では、いかにも体裁が悪い。

「やあ、負けた、負けた。もう、かぶとを脱ぐ、衣類をかえしてくれ」

「だめだめ」

「こら、こら、返せ」

ちどり足で、あとをおいかけていくと、そばの木陰から、ぬっと姿を現わした者がある。

「前田慶二郎！　久しぶりだな」

見れば、加賀で旧知の今倉三吾だ。

「ほう、今倉か、しばらくぶりだな」

といった時、背後から、古川荘之進が、

「前田慶二郎、相変わらずだな」

つづいて、

「前田慶二郎、よいところで会うたな」

「前田慶二郎、そのざまはなんだ」

「前田慶二郎、恥を知れ」

「前田慶二郎、よくもわが藩を侮辱したな」

いつの間にか、十数人が、ぐるりと、慶二郎を半円形にとりかこんでしまった。

「ほほう、これはやられたな。遊女どもを手なずけて、おれをおびき出したというわけか。ははは。おぬしたちにしては、大できだ」

「黙れ、へらず口をたたくな」

「両手をついて、謝罪しろ」

「さもなくば、きょうこそは、その首、貰ったぞ」

いっせいに、刀を抜きつれた。

慶二郎は、ふんどし一本、身に寸鉄も帯びていない。衣類も、大小も、女どもが、持って逃げてしまっているのだ。

「残念だな」

慶二郎が、あまり残念そうでもない声で、いった。

「くやしがっても、素手ではしかたがあるまい、降参しろ」

「ふふ。残念だというたのは、そのことではない」

「なに」

「女どもが、この慶二郎をおぬしらに売ったことだ。いずれ、金のためとは思うが、天下の色男慶二郎を金に見かえるとは、残念至極だというのだ」

「うぬぼれの強いやつだ」

「はは、あながち、そうでもない。女ども、大部分は、おれを金で売った。どうせ、おれにほんとうにかわいがってもらえそうもないご面相の連中だからだ。だが、その中で、ひとり、とび抜けてべっぴんがいる。それだけは、おれを売らなかった。やはり、おれは色男だ」

「何を、ひかれ者の小唄みたいなことをいうている」

「おれにそっと、おぬしらのひきょうなたくらみを教えてくれた女がいる、といっているのだ」

「なに！」

「あれを見ろ！」

慶二郎が指さしたほうに、皆の目が向けられた瞬間、慶二郎のからだは、パッと、飛鳥のごとく後へ、二間ほどさがった。

その慶二郎に飛びついていった女がある。

小浪という女だ。両手に、慶二郎の刀を抱いていた。

「かたじけない」

慶二郎は、刀を受け取り、ゆっくりと、さやを払った。

「小浪！　色男、裸身の奮戦ぶりを、とくとみていてくれ」

つい今まで、足もとも定かでないほど球酎していたはずの慶二郎の全身の筋肉が、きりきりっと引きしまり、瞳孔から異常な殺気が、電光のようにひらめいて、

「ゆくぞ！」

縦横無尽――あばれるなどということばでは、とても言いつくせない。慶二郎の裸身から十本の白刃が、前後左右に矢車のごとく突きはね、乱れ飛び、狂いまうように見えた。

警戒から驚愕へ、驚愕から恐怖へ、恐怖から悲鳴へ、悲鳴から絶叫へ――前田藩士たちの口をついて出る叫びが、転瞬の中に変化していった。

「まだ、くるかな」

にっこり笑って、慶二郎が構え直した時、かれの前に立っているのは、すで

に、今倉、古川のふたりきりであった。

「あれだけあばれて、全部峰打ちで済ますというのは、なかなかほねがおれるものだ。ははは、この次は、峰打ちでは許さぬぞ。さあ、そこらに倒れてござる朋友のかたがたに活を入れて、連れて帰るがいい。おれは、ここで、小浪と、改めて、飲み直す。あばれたあとの一献はまた格別だ」

慶二郎は、小浪をみて、目を細め、刀をさやに納めた。

八

慶長三年八月十八日、秀吉が死んだ。

ほんとうに泣いたのは、近親の者ぐらい、あとはみんなそれぞれ、ほっとしたり、ざまみやがれと思ったり、しめたとほくそえんだりした。

愚にもつかぬ征韓の役や、はで好みの土木事業で文字どおり苛斂誅求。百姓はへとへとになっていたし、武士は荒涼たる半島の戦いにあきあきしていたのだ。

慶二郎も、喜んだ。

恨み重なる恋がたきが、くたばったのだから、当然である。

が、なんといっても、いちばん喜んだのは、いうまでもなく徳川家康である。

思えば、ずいぶん長い間、隠忍したものだ。いよいよ、おれの天下だと、たぬきがおたふくかぜにかかったような面をにこつかせた。

五大老五奉行、互いに助け合って、秀頼を助ける、などという公約を破棄するぐらいは、へのかっぱである。だいいち、公約を守るようでは、大政治家になれっこはない。

大名同士が、かってに婚姻をとりきめたり、朋党をつくったりしてはならぬという太閤の遺言をしりめに、伊達政宗の娘を自分の第六子忠輝にめとり、福島正則のせがれや、蜂須賀家のせがれの至鎮に、自分の養女をめあわせる約束をきめた。

島津義弘や、細川幽斎や、増田長盛の屋敷に遊びにいって、巧みに手なずけようとした。

憤慨したのは、ばか正直の前田利家。

早速、上杉景勝、浮田秀家、毛利輝元、石田三成などをさそって、

「太閤死去まもないのに、早くもその遺言にそむくとはなにごと」

と、詰問状を発したが、家康のほうはケロリとして、

「はあ。さようか、これから気をつけよう。それにしても皆で仲よくせよといわれたはずなのに、おぬしたちが党派をつくって、この家康ひとりを目のかたきにして、文句をいってくるとは、けしからん」

と、逆ねじをくわす始末。

「たぬきおやじめ、とうとう本性を現わしましたな」

慶二郎が、ある日、直江山城守に向かっていうと、

「うむ。もう、あいつの眼中には、秀頼も豊臣家もありはせん。天下はどのみち、自分のふところにころがり込んでくると思っているのだ」

「加藤（清正）福島（正則）浅野（長政）あたりまで、きゃつにしっぽを振っているざまは、みられた図ではありませんね。あれほどいばり返っていた太閤も、死んでしまうと、まるで、かたなしですな」

「骨のあるのは、おぬしのおじきの前田大納言と、うちの殿、それに家康ぎらいの石田治部少ぐらいのものだろう」

「そのことです。家康め、おじを目の上のこぶにして、なんとか片づけたいと思っているらしい」

「大きにありそうなことだ。よそながら、気をつけて進ぜるがよい」

秀吉の死後、家康とどうやら対立できる大々名といえば、前田、上杉、島津、毛利、浮田といったところ。中でも、断然人望のあるのが前田利家だ。

少々ばか正直なところはあるが、あくらつな所業はしないと、みられているからである。

おりしも、伏見にいる家康から、大阪にいる利家に会見を申し入れてきたのは、慶長四年正月のことである。

前田家では、重臣村井又兵衛以下が集まって、数時間にわたって、大議論をかわした。

「とんでもないことだ。家康が、殿をおびき出して、殺そうとたくらんでいることは、明白ではないか。断じて行ってはならぬ」

というもの、

「武士たるものが、公式に招きを受けて、出かけていかぬとあっては、ひきょうのそしりをまぬかれぬ。じゅうぶんに警固して、堂々とのりこめ」

と力むもの、

「家康も、まさか。そんな無暴なことはすまいが、病気と称して、しばらく様子をみてから、出かけられてはいかに」

と、分別顔するもの——さまざまである。

最後に、ほかならぬ利家が、断固として言い放った。

「わしは行くぞ。家康め、十中の九までは、わしを斬ろうとするだろう。様子によっては、わしのほうから、家康を刺してくれる。もし、わしが倒れたら、利長（利家の長子）を先に立てて、まっしぐらに伏見になぐり込め」

とって六十三歳の老武者ながら、さすがに前髪の少年時代から、戦いにのぞむこと数十回、敵将の首をとること二十六人、豪勇をもって聞こえた男だけに、りっぱな覚悟であった。

さらばと、正月二十九日、利家は、少数の部下を引き連れて、舟で淀川をさかのぼって、伏見におもむく。

前田家中はことごとく戦備をととのえ、万一にも利家の命に別条ありと聞いたら、ただちに伏見の徳川めがけてなだれ込む勢いである。

※　※　※

伏見で舟を降り、家康方で用意しておいてくれた馬に乗った。

主従わずかに十数人。

ひそかに死を覚悟した悲愴なその一団が、大名小路までやってきた時、そばの屋敷の陰から、ついと、馬を近寄らせてきたものがある。

「おじうえ!」

「あ、慶二郎!」

「お久しゅうございます」

人を水ぶろにたたき込んでおいて、何をぬかす——といつもなら、どなりつけるところだが、ひょっとすると、自分の命は、あと数時間しかないと覚悟している時だから、肉身の者に久しぶりで会ってみると、おこるよりなつかしさが先に立つ。

「慶二郎、上杉に随身したそうだな」

「はあ」

「あまり乱暴せずに、おとなしく勤めろよ」

「はあ、そのつもりでおります。ところで、おじうえ」

「なんだ」

「これから、たぬきおやじのところにいくのでしょう」

「そうだ」

「危険は、お覚悟のうえですか」

「もちろん」

慶二郎は、利家のうしろに従う面々を見渡し、

「屈強の者ばかり選びましたな。だが、ムダです」

「何？」

「家康め、考えています。従者はひとりも中にはいれないように、伏見城の納言の館で、おじうえを迎えることにしています」

納言の館というのは、太閤が勅使を迎えるために特設したへやで、ここには中

納言以上の官職の者か、その正式の代理でなければ立ち入ることはできぬならわしである。

「うーむ、図りおったな」

「殿、むざむざ敵の計にのる必要はありません。ここから引き返しましょう」

神谷信濃守が、利家のそでをとらえて呼ぶ。

「いや、ここまで来て、むなしく戻ったとあっては、一期の恥辱。どうせ、死ぬものならば、わしひとりで死んでも同じことじゃ。行くぞ」

言い出したらがんこなおやじだ。てこでも聞かぬ。

慶二郎が、そばから、

「おじうえ、そのとおりです。いまさら戻ることはできません」

と、たきつけた。

「あたりまえじゃ」

老いの一徹、けんめいにとどめる家臣たちをしかりつけて、伏見城へやってくると、家康の家臣連中が、城門まで迎えに出ている。

一応は、丁重な応接である。

城内の、納言の館に導いた。

「ご家中のかたがたは、ここにてお待ちいただきたい」

納言の館のおきてを知っているから、むりについてはいるわけにはいかない。

神谷信濃守以下、こぶしをにぎりしめ、はぎしりした。

と——そこまで、そしらぬ顔でついてきた慶二郎がただひとり、利家のあとについて、すまし込んで、館の玄関に上がっていこうとするのである。

「あ、これ、ご家中のかたは——」

あわてて、家康の部下が押し止めようとすると、慶二郎、大音声で、どなった。

「拙者は、前田殿の家中ではない。中納言上杉景勝の使者有髪院ひょっと斎と申すもの、主人の命により、火急の儀にて、内府公（家康）にお目通りいたしたい」

納言の正使とあれば、拒むわけににいかぬ。

「内府さまには、ただいまより、前田大納言殿とご会談なさる。しばらく別室にて、お待ちくだされ」

とにかく、上にあげて、座敷に通した。

廊下を案内されていく利家を、追いかけて、その耳にひと言、強く、

「おじうえ、万一の場合は、慶二郎が、おどり込みます。お心おきなく働きめされ」

利家は、正面をむいたまま、

「うむ」

とうなずいて、にっこり笑った。

——ういやつ、慶二郎がおどり込んでくれれば、かなわぬまでも、家康めに、一太刀ぐらいは浴びせかけてやれるだろう。

まな板の上のこい——ゆうぜんと、家康のいるへやに通った。

※　※　※

この時、家康と利家との間に、どんな話がかわされたかは、何人も知らない。

へやにいたのは、ふたりきりなのだ。

——が、伝えられるところによると、死を覚悟した利家は、口をきわめて、家康の横暴をなじり、太閤の遺言にそむいたことを痛罵したという。

家康は、おそらく、この日、場合によっては利家を斬殺するつもりでいたに違いない。しかし、かれの綿密な情報網は、前田家中が、決死の勢いで合戦準備をととのえていること、毛利、長曾我部、浅野の諸家が、これに合流するけはいのあることを、急報してきた。

「あぶない、せいては、ことをしそんじる」

古だぬきは、考え直した。

まして、久しぶりに会った利家は、ひどくやつれて健康状態もよくないらしい。今、むりに殺さなくとも、どうせ、長いことはあるまいと、みてとったらしい。

存外、おとなしく、利家のいうことを聞いている。

その家康が、ふいと目を庭のかなたにそらすと、つき山の向こうに見える控えの間の広縁に、堂々たる美丈夫が刀のつかに手をかけ、片ひざ立てて、きっと、こちらをにらんでいる。

「はてな、おれの部下ではないが」

頭をかしげる様子につられて、利家も、そのほうにふり向いた。

あ、慶二郎！

利家とひとみが合うと、慶二郎にやりと笑って刀のつかから手を離し、さあらぬていで、よそをむき、あごをなでている。

利家、ますます気が強くなって、さんざんに、家康をやり込め、

「や、これは、長座いたした。さらば」

と、立ち上がった。

玄関口では、神谷信濃守以下十数名、今にも奥座敷に騒動が起こったら、障子も、ふすまも、ついたても踏みくだいておどり込んでくれようと、待ちかまえていたのだが、なにごともない。

さては、ひそかに惨殺して、死体でも引き渡すつもりか、おのれ、その儀なら

ばと――、一同血相を変えて奥のほうをにらみつけているところへ、利家がのしのし現われてきた。

言いたいだけいったあとなので、すこぶる満足のおももちである。

「殿！」

その姿をみて、家臣たちは、思わず、ぽろりと涙をおとすやつもある。利家の胸にも、その家臣たちの気持ちがじーんと熱くしみ込んだ。

「ご苦労じゃった」

利家につづいて、慶二郎が、式台を降りようとすると、背後から、

「あいや、しばらく、上杉殿の御使者、お待たせいたしました。内府さまご前へ、なにとぞ」

慶二郎、はっと立ち止まったが――さて、景勝の用事などは、もちろん、ありはしない。

「されば――その、何でござる、これは、上杉家中でも名題のそこつ者ひょっとこ斎、急ぎのあまり、主命とんと失念つかまつりました。重ねて承ってまいる、ごめん！」

言いすてて、ぱっと、飛び出した。

あとには、あきれ顔と、くすくす笑いのうず。

「何じゃ、あれは」

「ひょっと斎とは妙な名だな」

「上杉殿も物好きな」


馬を走らせた慶二郎、しばらく行ってから、馬をとめ、汗をぬぐっていると、利家の一行がやってきた。

「おじうえ」

「おお。慶二郎、かたじけない。おまえのおかげで、この利家、きょうは心おきなく、心にあるかぎりのことを、家康に言ってのけた。おまえの心尽くし、ゆめおろそかには思わぬ」

館にはいってからのことを、利家が話してきかすと、家臣たち一同も、

「慶二郎殿、われわれに代わって、殿をおまもりくだされたこと、厚くお礼申し上げます」

と、神妙に礼をいう。

いささかてれくさそうに聞いていた慶二郎が、突然前方を通りかかる武士を認めると、馬を飛ばしていって、

「吉村、吉村」

「おお、ひょっと斎殿」

「少々頼みがある。この馬を借す。上杉邸へのりつけて、なんでもいいから、いいかげんな用向きをこしらえて、内府公へ使者を出してくれるように、直江殿に頼んでくれ」

「はあ?」

何のことだかわからず、ぽかんとしている吉村を、むりやりに馬にのせ、京の上杉別邸に走らせておいて、

「おじうえ、久しぶりです。大阪までお供しましょう」

「うむ、ぜひ来てくれ。だれか、慶二郎に馬を貸せ」

「いや、わたしは徒歩でけっこうです。どうせ、そこから、舟でしょう」

大阪城二の丸の前田館では、今にも合戦が始まるかと思われる大騒ぎ、前田家と仲のよい、各藩の屋敷にも、縦横に連絡の使者が飛んでいる。

「殿はおそいな」

「今ごろは――おいたわしいが――」

「くそっ、家康め」

口々に悲憤しているところに、先ぶれの一騎、砂塵を巻いてはせてきて、

「しずまれっ、殿はご無事にご帰館だぞう」

わーっ――と、すさまじい喜びの声がわき上がった。

まもなく、利家一行の姿がみえる。

「おお、殿が――」

「よかったなあ、よかったなあ」

二度とみられぬかと思っていた主君の姿に、大ぜいの者が、思わず駆けだしていったが、ふいっと、利家のそばにつき従っている偉丈夫の姿をみつけ、

「あ、あれは、慶二郎ではないか」

「うん。きゃつ、不敵なやつめ。殿のおそばに慣れ慣れしくくっついて、またし

ても何かたくらみおるか」

「ちょうどさいわい、ぶった斬れっ」

ばらばらと、慶二郎をとり囲こもうとする。神谷信濃守が、あわてて、

「これ、慶二郎どのに、乱暴するでないぞ、刀をひけっ、ばかめっ」

と制しておいて、走りよって、手短に伏見での事情を話して聞かせた。

「ほう、そうでしたか。名うての無法者でも、肉身の情は格別、殿の危急を知って、待ち受けてくれたのですな」

「上杉の使者と名のり、家康を睥睨（へいげい）した機知と胆略、さすがは慶二郎どのだ」

現金なもので、ただちに評価は百パーセント上昇してしまう。

慶二郎は、にやにやして、

「やあ、今倉三吾、古川荘之進、先日は京の七条河原で失礼いたした」

今倉、古川、志村たちが赤くなって、

「慶二郎どの、許してください」

「いや、わびるのは、おれのほうだ。思えば、加賀以来、ずいぶんわがままをして、おのおのにも迷惑をかけた。昔のことは、水に流してくれ」

「慶二郎どのに、そうおっしゃられては、われわれも穴があればはいりたい。今後は、なにとぞよろしく」

聞いていた利家も、慶二郎と藩士たちの和解に、ひどく喜んだ。

ただちに、利家の無事帰還を祝って、盛大な酒宴が用意されている。

「慶二郎、相かわらず飲むのだろう、大いにのんでくれ。きょうは、いくら飲んでもしからん」

「いや、しかられても飲みます」

「はは。時に慶二郎、おまえがさらっていった、あの、小夜という女、元気か」

「はい、よい女房になりました。おじうえのさらっていかれた妹のほうは、どうです」

「うむ、よい女になったぞ」

「それはけっこうですが、おじうえ」

「うむ」

「きょう、おじうえのご顔色を拝見すると、どうもよろしくない。そのよい女を、かわいがりすぎるのではありませんか。いかに斯道（しどう）の大家でも、年にはかてませぬ。少しつつしまれたほうがよいでしょう」

「こらっ、よけいなことをいうな」

「いや、だいじなことです。今後とも、たぬきおやじにひとあわ吹かせるのは、おじうえよりほかに、ありません。おからだは、だいじになさってください」

「うむ、気をつけておる。それより、慶二郎、きょうのほうびに、何かおまえにつかわしたい。何なりとも望んでみてくれ」

「いや、別にほしいものはありません」

「そういうな。何か望みがあるだろう」

「はあ、そうおっしゃれば、ないことはありません」

「それみろ、何でもいい、いうてみい」

「はあ」

慶二郎、柄になく、しばらくためらっていたが、

「おじうえ、では申します」

「言え」

「おまあに会わせてください」

「こいつ——まだ、おまあにほれていたのか」

利家が、目をむいた。

「はあ、そのとおりです。さる面が死んでしまったのだから、さしつかえないでしょう」

「執念深いやつだ」

「はあ」

「あきれたな」

「はあ」

「よし、会え」

「はあ……」

九

慶二郎が、十年ぶりで、初恋の女性おまあ——故太閤側室加賀の局に会ったのは、慶長四年春浅いころである。

いうまでもなく、利家のはからいであった。

加賀の局は、太閤の死後、生家の前田家に戻っている。

その館に、日を定めて招かれた慶二郎は、さすがに胸のときめくのを感じないではいられなかった。

「だんなさま、だいぶ、みがき上げましたな」

辰之助が、馬上の慶二郎を見上げて、にやりと笑う。

「ばかいえ。おれはおしゃれだ。色男は、おしゃれに決まっている」

「だんなさま、たいへん、うれしそうですな」

「あたりまえだ。ほれた女に会いにいくのだ、うれしいに決まっている」

「だんなさま、まことにもって、てんしんらんまんでございますな」

「てんしんらんまんは、おれの生まれつきだ」

「少々てんしんらんまんすぎて、ずうずうしいようでもありますな」

「ずうずうしいのも、おれの天性だ」

「けっこうなことで――」

「うん、けっこうだな。ははは……」

すこぶるきげんがいい。


前田の屋敷につくと、待ち受けていたらしく、ただちに奥御殿の一室に通された。


心臓が大波のくずれ落ちるように激しく高鳴って、目のふちが、やけに熱い。

――ふん、おれらしくもない。

と、落ち着こうとするのだが、先に立った侍女が広縁にひざをついて、

「お方さまのおへやでございます」

といった時には、思わずどきりとし、つばをのみ込んだ。

内側から、明障子が左右に開かれた。

二十畳ぐらいのへやである。

正面が一段高くなって、上段の間——そこに、美しく着飾った女性がいた。左右には十数人の侍女たちが居流れている。

——おまあだ。

と、感じて、つかつかと、正面の女性の前に進み寄ろうとした時、そでをひっぱられた。

すわれ——という意味であろう。

——そうか、相手は、昔のおまあではない。太閤の寵姫だったひとだ。陪臣の慶二郎としては、当然、平伏して会釈しなければならぬ。

すなおに着座し、うやうやしく一礼した。

「おお、慶二郎、久しぶりじゃ、苦しゅうない、近う」

正面の女性が、ややものうげな口調でいったとたん、慶二郎は頭を上げ、きっと相手の顔をみたのである。

その慶二郎のほおが、ぴりぴりとふるえ、ひとみの中に、何ともいえない、不思議な色が浮かんできた。

何と思ったか、近寄ろうともせず、ちょっと目をつむったが、すぐにまた大きく見開いた。

そのわずかの時間に、慶二郎の心臓の中で、何かしら大きなものが、ぐゎらぐゎらと音を立ててくずれ落ちた。

だれにもその音は聞こえなかったが、慶二郎はその崩壊を、肉をさかれるような苦しい思いでこらえた。

それは、十年の夢が、くずれ落ちた音だったのだ。

——これが、あの、おまあか。

と、慶二郎は、おのれの目を疑いつつ、相手をみつづけた。

「ちこう寄るがよい」

加賀の局がふたたびいったので、慶二郎は形ばかりにじり出た。

「過日は、大納言殿（利家）が、いかいお世話をかけた由、過分に思いまするぞ」

慶二郎は、相変わらず無言のまま、軽く頭を下げた。

「そなた、たってわらわに目通りいたしたき由、大納言殿より承りました。何ぞ、望みとあらば、遠慮なく申すがよい」

慶二郎の口辺に、微笑が浮かんだ。憤怒をひそめた、奇妙な微笑だった。

「されば、酒をのませていただきとうござる」

「えっ」

思いもかけぬことを言い出されて、加賀の局はじめ侍女たちは、顔を見合わせたが、酒肴の用意は、あらかじめできていたのであろう。ただちに、膳が、はこばれる。

「遠慮なく干しやれ」

「遠慮なくちょうだいいたします。こんなちっぽけな杯でなく、大きなものをいただきたい」

あわてて取りよせた大杯をみて、

「ははは、ご当家では、そんなものを大杯といわれるのか。もう少々、いや、ずんと大きいのでいただきたい」

直径一尺もある装飾用の特大杯をもってこさせて、なみなみとつがせた。

息もつがせずに、ぐっと飲みほした。目をみはった侍女が、もう一杯つぐと、それも一息。

三杯、四杯、五杯、六杯。

一杯で小さなちょうしの十本もからになってしまう。

侍女たちは、とっかえひきかえ、ちょうし運びに忙しくへやを出入りする。

「まあ、慶二郎、たいそういけますのう」

加賀の局が、あきれかえった顔つきでいった。

「慶二郎は、昔から大酒ぐらい、お方さまは、よくご存じのはず――おじうえがまだ、能登の館におられたころ、よく酒をいただきましたな。おまあと呼ばれていたお方さまは、わたしの酒ののみっぷりがおもしろいというて、片腹おさえて、けらけら笑いながら、もっと飲め、もっと飲めと、ついでくれたものでした。ははは、お忘れですかな」

「そのようなことがありましたかのう」

加賀の局が、冷たい声をもらした。

「さようなことがありました。あのころよりは、一段と手が上がって、今は底なしの飲みすけです。さ、もっとついでいただきたい」

と、大杯を、侍女の目の前につき出した慶二郎が、どっかとひざをくずして、あぐらをかいた。

「これ慶二郎殿、無礼であろうぞ」

侍女が驚いて、小声で注意する。慶二郎はけろりとして、

「ははは、こなたなどの知らぬことだ。あのころ、わしは酔っぱらうと、素裸の下帯一つになって、お国自慢の能登踊りを踊ってみせたものだ。おまあどのは、いつもそれを見たがって、むじゃきにせがんだものだ。ははは、古い昔のこと、昔のこと――何をしておられる、さ、さ、もっとたっぷりとついでくれ」

加賀の局はまゆを寄せ、かたわらの老女にめくばせすると、つと立ち上がっ

た。

※　　※　　※

玄関に送り出されてきた慶二郎をみて、辰之助はびっくりした。

いくら飲んでも、こんなに酔っぱらう主人ではない。

足もひょろひょろ、ことばもしどろもどろ、まっかになったほおに、ひきつったようなグロテスクな笑いを浮かべて、

「辰之助、戻るぞ、馬をひけ」

「だんなさま、だいじょうぶですか、馬に乗れますかな」

「あほこけ。いかに酔うても、この慶二郎、馬ぐらい乗れんでどうする」

どうやらこうやら、馬にまたがったが、馬上でふらりふらり――あぶなかしくて見ていられないのだが、不思議に落っこちもしない。

「辰之助、心配するな、大坪流大酔いちどり乗りの秘術だ」

「へえ、大坪流にそんな秘術がありましたか」

「おれが、今、くふうしたのだ」

「へえ」

落っこちたら抱きとめようと用心しながら、馬側について歩いていた辰之助が、

「だんなさま、ひどくごきげんが悪いようですな」

「あたりまえだ」

「十年ぶりで、ほれつづけていたかたにお会いになったあとにしちゃ、変ですな」

「辰之助」

「へえ」

「おれは、昔、まゆげの長い、手足のほっそりと、肩つきのしなやかな、めじかのような娘を知っていた」

「存じております、おまあさまと申しましてな、十三、四歳でございましたかな」

「その娘は、人妻になって、夫に死に別れた。まだ、娘のままのような、清らかなひとみをして、そり落としたまゆげの跡が、いたいたしいような後家になっ

た」

「存じております。佐久間さまのところから戻ってこられた時のおまあさまでしょう」

「そのかれんな後家が、さるづらをした五十じじいのところに、めかけになっていった」

「存じております。おまあさま十八歳の時、故太閤さまの側室になられました」

「それから十年たつ。なあ、辰之助」

「へえ」

「その側室は、十年の美食と無為に、肥え太って、もっぱら閨房向きの肉塊に変わった」

「ははあ」

「そのぶくぶくの肉塊の中に、自分は、太閤の寵姫だったという虚栄の誇りをいっぱいにつめこんで――苦しゅうない、ちこう、とぬかした」

「なーるほど」

「望みあらば申すがよい――とほざいた」

「だんなさま」

辰之助が、変な声を出した。

「何だ」

「そこを曲がればやなぎ町でございます、一杯やっていきましょう」

「これ以上飲んだら、いかに大坪流大酔いちどり乗りの秘術でも、馬には乗れんぞ」

「乗らなくてもかまいません。ぶったおれるまでお飲みなさいませ。辰之助もお相手します」

「よし、行け」

「へーい」


行きつけのきっこう屋のかど口を、倒れるようにしてはいりこんだ慶二郎が、迎えに飛び出してきた女に向かって、

「飲むぞ、きょうは」

「殿さま、そんなに酔っていらして」

「かまわん、飲む」

「はいはい、ただいま。女衆もよびまする」

「女はいらん」

「へえ？」

「酒だけでいい。相手は、この辰之助だ」

「ほんまに、女衆は、いりませんので」

「いらん」

「これは困りました」

「なぜだ」

「こよい、雪が降っては、せっかくの花見が――」

「あほう。早く、酒をもってこい」

「お酒だけでございますね」

「くどいやつだ。女なぞ、つらをみるのもいやだ」

「まあ、驚いた、あきれた、びっくりした、たまげた。はい、はい」

女けがなくては、一日もいられないように見えた慶二郎が、女のつら見たくないというのだから、きっこう屋の女たちも、きつねにつまれたような気がしたが、ともかく酒を運ぶと、辰之助とふたりして、飲むわ、飲むわ、まさに底なしに飲みつづけて、昏酔。

翌日、目がさめると、またしても、朝から飲みつづけて、飲みつかれて、眠ってしまう。

その翌日が、また酒。

さすがに、辰之助のほうが、へたばってしまって、

「だんなさま」

「まあ、飲め」

「もう、やめましょう」

「いくじのないことをいうな——苦しゅうない、ちこうよれ、何なりと望みがあれば申すがよい——だ」

「へえ。もう望みはありません、酒のつらみるのもいやです」

「はは、そうか、実のところ。おれも少々参った。ぼっぽつ、引き揚げるか」

「そうしましょう」

ふたりが、ちどり足で、きっこう屋の玄関口へ出てきた時、ばったり顔を合わせたのは、外からはいってきた同じ上杉の高山重之允という男である。

「や、前田殿、ここにおられましたか」

「うん、いつづけだ」

「無理もありません、お気落としでしょう」

「えっ?」

慶二郎が、酔眼をみはった。

――どうして、こいつが、おれの心の中を知ってやがるのだろう。

頭をぶるんと振つて、相手をにらみつけた時、高山が

「われわれとしても、まことに残念至極、今、この時、大納言殿ご逝去になるとは――」

「なに、お、おじうえが、なくなられたと!　本当か、それは」

高山の肩を、ぐいとつかんだ。

「痛っ!」

「おっ、高山。本当か。それは」

「ご存じなかったのですか。前田利家卿、昨六日夕刻おなくなりになりました」

「しまった！」

と、叫ぶなり、さしもの深酒も一度にさめ果てるここち。

「辰之助、馬！」

馬の首っ玉に抱きついて、前田邸へ、ひた走りに走る。

※　※　※

利家は、慶長四年三月六日、病死した。

最大のじゃま者がなくなったので、それからの家康は、まさに傍若無人、伏見城に乗り込んで、全く天下を掌握した者の態度である。

五奉行をひきいて家康に対立していた石田三成が、加藤清正、黒田長政、細川忠興、福島正則、加藤嘉明、浅野幸長、池田輝政の七将におわれて、佐和山の領地に逃げ込んでしまうと、ほかの奉行たちは、もうつめを抜かれたねこ同様、ひたすら家康のごきげんを伺っているありさまである。

こうした天下の大勢の激変を全く気にとめぬふうで、慶二郎は、日夜、あびるように酒をのみくらしていると、直江山城守から、呼び出しの使いがきた。

「慶二郎、だいぶ、荒れているというわさだな」

「はあ、そうですか」

「毎日、腰の抜けるほど飲みほうけているそうではないか」

「わたしの女と酒とばくちとは、あらかじめ、公認されているはずです」

「あっはっは。別に、それをとがめだてしているのではない。ただ、少々、不思議に思っているのだ」

「なぜです」

「以前は、ずいぶん、はでに女遊びをし、乱暴にばくちをうち、大酒をくらっていたらしいが、このごろは、女とばくちには手を出さず、もっぱら酒ばかりだというではないか」

「女なぞ、みるのもいやになりました」

「ほう、奇態なことがあるものだ。ばくちのほうはどうしたのだ」

「ばくちは、別にやめるつもりはありません。ただ、今までのような、けちなばくちは、いやになりました」

「ふん。では、景気よく、大きなばくちをうてばいいだろう」

「資本がありません」

「二、三百両くらいなら貸してやろう」

「それっぱかしでは、だめです」

「ほう。五百両もいるか」

「だめです」

「では、千両ばくちをやる気か」

「どうせ、やるなら、もう少し、大きいのをやりたいと思います」

「ふーむ。どこでやるのだ。堺の町人どもでも相手をするのか」

「いや、相手は、天下の大々名」

「えっ」

「内大臣徳川家康」

「なにっ」

「あの古だぬきを相手に、大ばくちを打ってみたいと思っています。賭けものは、日本六十余州」

きらりと目を光らせて、口をつぐんだ直江山城守の顔を、きっと見つめて、

「山城守殿、どうです、この大ばくちの資本を、貸していただけますか」

「どういう意味だ」

「資本は上杉百三十二万石の兵力と、山城守殿の知謀とです」

「慶二郎、気をつけて物をいえ」

「わたしのいい方が悪ければ、ご遠慮なく処罰してください。山城守殿、このごろの内府（家康）の所業を、いったい、どうみているのです」

「うむ」

「言語道断、天下に人もなげなふるまいではありませんか。同じ五大老の中に列する、前田、毛利、上杉、宇喜多の諸家を、何と思っているのです」

「うむ」

「不平は天下に充満している。少し度胸と知略のある者なら、この風雲に乗じて、きゃつを向こうに回して、天下を争う大勝負、のるかそるか、やってみてや

ろう、という気になりそうなものです」

「うむ」

「うむ、ばかりではわかりません。山城守殿、今や、家康に対立する最大の勢力は、わが殿上杉景勝公ではありませんか。会津百三十二万石を後生大事にして家康の部下になるか、一ばくち打って天下をねらうか——山城守殿、なんと、ご所存のほどを承りたい」


　またたきもせず慶二郎の顔をにらんでいた直江が、かすかに口もとをほころばせた。

「慶二郎」

「はあ」

「わしは、生まれてから一度も、ばくちを打ったことがない。しかし、今、おぬしのいった大ばくちだけは、一期の思い出に、やってみたいと思うていた」

「ほう」

「太閤がなくなった時から、そればかり思いつづけてきた。相手は内府、賭けものは天下の覇権――おぬしのいうとおりの、ばくちだ」

「これは愉快！」

「が、なにしろ相手は、老獪無類の家康だ。真正直なわれらの殿だけでは、いささか心細い、だれか、よい相棒――とねらっていたのだ。そして、その相棒を、みつけた」

「石田――治部少（三成）でしょう」

「明答――治部少だ。あの男、佐和山の小大名にすぎぬが、知略は底知れぬ。毛利、宇喜多、島津をはじめ、関西諸大名を動かして味方に引き入れるには、どうしても、まず、かれと手を握らねばならぬ」

「治部少は、必ず。このばくちに乗ります」

「そうだ。あいつも、太閤の死んだ瞬間から、この大ばくちをやりたいと夢みているに違いないのだ」

「山城守殿、やりましょう。勝っても負けても、おもしろい勝負です」

「うむ。慶二郎、佐和山へ使いに行ってくれるか」

「喜んで参ります」

直江山城の秘命を帯びた慶二郎が、石田三成の佐和山城に向かって、馬をはせたのは、その二日後のことである。

十年夢に描き、美化しつづけた恋に破れ、不満をいだきながらも愛していたおじきをうしない、やけ酒に沈淪(ちんりん)していた慶二郎の胸に、今や、新しい大きな夢が、初夏の太陽よりも明るく、燃え上がっていた。

# 十

居城佐和山に帰っていた石田三成が、わずか数人の部下をつれて、ひそかに京へ潜入した。

待ち受けていた慶二郎が、これを案内して、洛西の常勝寺の茶室で、直江山城守と会見させる。

すでに何回か、慶二郎が使者になって、相互の意志は、じゅうぶんに通じているから、話はすらすらと運んで、家康打倒の密約が成立した。

「それでは、主人景勝、いよいよ、近く会津へ戻ることとし、きゅうきょ準備をととのえて、来春には、国もとで、家康征伐の旗をあげることにいたそう」

「上杉殿が、会津で旗をあげれば、家康めは驚いて、ただちに東国へ向かうでしょう。その時、わたしは西国の反徳川諸大名を語らって事を起こし、東西から、きゃつをはさみうちすれば、袋の中のねずみ同然」

「石田殿、まずはめでたい。その名も常勝寺で、家康めを滅ぼす提携が成立したことは、大事成就の古兆じゃ」

直江山城が豪快な笑い声を立てた時、三成が、

「それにつけても残念なのは、前田大納言殿がなくなられたことだ。子息の利長は、父に似ぬ小胆者、家康相手にひとしばい打とうという度胸はとてもないらしいが、せめて、いざという時に、われわれに有利な中立でも保ってくれればよいのだが」

「利長は、この慶二郎といとこ同士です。慶二郎を使いとして、利長を説いてみてはいかがでしょう」

そばで聞いていた慶二郎が、にやっと笑って、

「山城守殿。それはむだです。利長は少年のころから、よく知っていますが、少しでも危険性のあることは、絶対にしない男です」

「うむ、それは、わしもそうみているが」

「あれは、ばくちのおもしろさを知らぬやつです。いっさいを賭けて、のるかそ

るか、すべてを守るか、すべてを失うか——と、胸をとどろかし、息をつめる、あの瞬間の楽しみのわからぬ、哀れな男です」

「ははは、慶二郎はまた、その喜びがわかりすぎて困るほうだな」

「そのとおり。——山城守殿も、治部殿も、そうでしょう。ばくちくらい、おもしろいものはありません。女には飽きがくることもありますが、ばくちには飽くことがありません。いつやってみても、おもしろい」

慶二郎が、昂然としてしゃべるのをみていた三成が、

「なかなか愉快なことをいう。だが、今度の賭けだけは、ただおもしろいでは済まぬ。しくじれば、持っているものすべてを失うどころか、命もなくなるぞ」

「だから、なおのこと、おもしろいのです」

「これはたのもしい。ばくちとは、どうせ、運のものだが、人間の手でできるだけの用意はしておかねばなるまい。山城殿。これからもじゅうぶんに連絡して、遺漏のないようにしたいが、わたしと貴殿とが、直接に、しばしば会うわけにはいかぬ。わたしの代理として、島左近、貴殿の代理として、この慶二郎どの、このふたりに連絡させることにいたそう」

島左近というのは、三成麾下の名将である。三成がはじめて二万石の知行を貰った時、その半分の一万石を与えて召しかかえたほどの男、その剛勇知謀は、諸大名の間に広く喧伝されていた。

慶二郎とただ一回会っただけで、すっかり意気投合して、十年の知己のごとく、共に家康打倒の誓いを固め、天下分け目の大ばくちの手はずを、すすめる。

慶長四年八月、上杉景勝は、

「越後から会津に移って間もないのに、久しく郷国をはなれているので、国もとの様子が心もとない。一度帰国してみたいと思う」

と、ほかの大老連中に言い残すと、その返事も聞かずに、直江山城以下をひきつれて、さっさと会津へ帰っていってしまった。

慶二郎が、その一行の中に加わっていたことは、いうまでもない。

※　　※　　※

「小夜、帰ったぞ」

「だんなさま」

慶二郎が表門から大声でどなるのをきいて走り出た小夜、二年ぶりで見る夫の、いつもながらたくましく、美しく、堂々たる姿に、思わず涙ぐんで、

「お帰りなさいませ、お会いしとうございました」

「こらっ、人がみてる。あとでゆっくり、泣いて、甘ったれろ」

「あれっ」

ちっとも変わらない——と、小夜は、うれし涙をぬぐって、いそいそとして、座敷についてはいった。

「京の水にみがかれて、一段と、ごりっぱになられました。たんと楽しい思いをなさったでしょう」

「なに、それほどでもない。いつでも、おまえの美しい顔を思い出していた」

「まあ、よくそんなしらじらしいうそを」

と、やさしくにらんだが、おせじとわかっていても、まんざらでもないらしい。

「京には、おまあさまがおられるはず、お会いになったでしょう」

「うむ、会った」

「太閤殿下もなくなられたこと、さだめし、仲よく、楽しい思いをなさったことでしょう」

「そのつもりで会うたが、だめだったな」

「なぜでございます」

「おまあは死んでしもうた。今、生きているのは、さるづらのめかけ、加賀の局だ。もう、おれには縁のない女だ」

「本当でございますか」

小夜が、うれしそうな顔をした。

「本当だ。顔かたちも、かなり変わっていたが、中身はもっとひどく変わっていた。さるづらのめかけになったのを、このうえもない名誉と思うと、そっくりかえっておった。くだらん女になってしもうた」

「あれほど思い込んでいらした初恋のかたを、そんなことをいってはいけません」

「はは、自分でかってにこしらえ上げていた夢の中の女が、実際にはいなかっただけだ。おこってみても、しかたがないな」

「もう、夢は忘れて、わたしでがまんしておおきなさいませ」

「うむ、おまえのほうが、加賀の局なぞより、ずっといい」

「――と、どの女にもおっしゃるのでしょう」

「いや、もう女はやめだ。つまらん。おまあが、あんな女になってしまうのなら、女なぞにほれてもつまらん」

「わたしも女で、悪うございました」

「こら、すねるな。女にはほれぬが。改めて女房にほれようと思っているのだ」

「知りません」

と、横を向いた小夜の肩を、慶二郎が、ぐいと抱いて、引きよせた。

しばらくして、ふたりが離れると、

「小夜」

「はい」

「赤ん坊ができるといいな」

「えっ」

ついぞ口にしたことのない殊勝らしいことを言いだしたので、小夜がびっくりした。

「あなた、どうかなさったのですか、――なんだか、気味が悪い」

「ばか、赤ん坊がほしいというのに、気味が悪いというやつがあるか」

「でも、今まで、赤ん坊なぞ。うるさくて、じゃまっけだ、あんなものいらんと、いつもいってらしたじゃありませんか」

「今まではそう思っていた。だが、女遊びに飽いてしまうと、子どもがほしくなったのだ。男の子をこしらえよう」

真顔で、すまし込んでいうので、小夜は、思わず吹き出した。

「男とか女とか、かってに生むわけにはいきません。だいいち、生まれるかどうかもわかりません」

「いや、生まれるに決まっている。賭けをしようか」

「それは、生まれるかもしれませんが、男か女かは――」

「男に決まってる。賭けをしよう」

「ほほほ、女遊びは飽いても、賭けごとは、やっぱりお好きなようでございますね」

「女をやめたから、ばくちは、もっとやるつもりだ」

「まあ」

「心配するな。いつかのように、おまえの衣類を質入れするようなことはせん。そんなけちなばくちではない。大ばくちをやるのだ」

「どうなさるのです」

少々心配になって、問い返すと、

「いまにわかる。景勝の殿と、山城守とを種にして、天下一の大ばくちを打つのだ。もちろん、生命を賭けねばならぬ。だから、生きているうちに、男の子がほしいのだ」

「命をはる——ようなむちゃな賭けごとは、よしてください」。

「ばかいえ。武士の家に生まれたら、命をはるのは、いつでも覚悟していなけりゃならん。情けない顔をするな。早く子どもを生め。男の子だぞ」

※　※　※

会津に戻って以来、景勝は、直江山城とはかって、着々と準備をととのえた。

まず、若松城は手ぜまでもあり、防備に不利だとして、佐野川のほとり神指原の地に新城を築くこととし、会津四郡・仙道七郡の人夫八万人を集めて、大工事を始めた。

その一方、会津七道として知られる南山、背炙越、信夫、米沢、仙道、津川、越後の各街道を補修し、橋梁を新設した。

食糧もどんどん蓄積したし、諸方から剛勇の聞こえ高い浪人者を招いて、高禄をもって召しかかえた。

山上道及、岡野左内、車丹波など、名だたる勇士たちが、上杉家に属することになったのは、この時である。

かねて、家康から、上杉家の動静を探索することを命ぜられていた隣国の戸沢政盛は、その様子を、逐一江戸の徳川秀忠と大阪の家康のもとに報告する。

「景勝め、いよいよ。謀叛をくわだておるに違いありません。すみやかに、討伐の軍を起こしましょう」

榊原康政、鳥居元忠などが、家康にすすめたが、老巧な家康は、なかなかうんといわない。

「待て待て。今、わしが兵をひきいて、会津へ進めば、その留守中、治部少めが、こちらで小細工をするじゃろう。なんとかして、景勝を上京させて、こちらで討ちとってしまうことを考えるのが得策じゃ」

家康は、一応丁重な手紙を書いて、景勝に上京をうながした。

「――秀頼公もいまだ幼少、政治向きでいろいろ相談したいこともある。五大老の一人たる貴殿がおられないでは、何かと不便きわまりない。国もとも多用であろうが、天下のため、万難を排して上京していただきたい」

というのである。

この手紙を受け取った景勝が、直江山城守を呼んで、

「直江、たぬきじじいから、こんな手紙がきた」

「ははあ、こんな子どもだましの手にのるわれわれと思っているのですかな。家康も少々ぼけましたな。わざわざ殺されに京まで行くものがあるものですか」

「うむ。しかし、今すぐ、家康と決裂してしまうのは、まずいだろう。もう少し、準備のととのうまでは、当たらずさわらずにしておいたほうがよい」

「さようでございます。もう半年もあれば、一応の準備はできます。されば、今のところは、とりあえず、使者を送って、秀頼公のごきげん伺いをさせ、たぬきじじいをまるめこんでおく必要があります」

「なかなかの大役だが、適当な人物がおるかな」

「藤田能登守信吉と、前田慶二郎利太をつかわしては、いかがでしょう」

藤田信吉は、古くから家康・秀忠父子に知られており、京大阪に知己が多い点で選んだもの。慶二郎は、もちろん、この機会を利用して、三成と連絡させるためだ。

慶長五年の正月の年賀を、秀頼に申し述べる使者という名目で、このふたりが、おのおの若干の部下をひきつれて、会津をあとにすることになった。

「小夜、またしばらく留守をするぞ」

「はい、せいぜい楽しんでいらっしゃいませ」

「これ、妙なことをいうな。もう、女遊びはせん。ばくちも、けちなばくちは打たん、酒も、——いや、酒はのむが、たいして楽しいことなどありはせん」

「京や大阪で、赤子をこしらえないでくださいませ」

「たっ、ばかなことをいうやつじゃ。こんなにほしがっているのにできんものが、旅先で簡単にできるか」

「ほほほほ」

「変な笑い方をするやつだな」

「ほほほほ」

小夜が、慶二郎の太ももを、きゅうっとつねった。

「いたい！　何をするのだ。見かけによらん力があるな」

「二人力でございます」

「なに？」

「おなかの赤子と二人力でございます」

「や、や、や、こいつ、こいつ」

慶二郎が目をまるくして、小夜を見つめた視線が、そろそろとさがって、小夜の帯の下に移っていった。

「そうか、そうか、できたか」

「そんなにご覧になっちゃ、いやでございます。ご覧になっても、まだ、わかりません」

「えらいぞ、小夜。うーむ。とうとう、こしらえおったか。みろ、賭けはわしの勝ちだ」

「賭けなぞ、勝っても負けても、かまいません」

「ばかいえ。もう一つ、生まれるのは男の子だという賭けをしたはずだ。この賭けにも、是が非でも勝つぞ」

大阪について、まず秀頼に拝謁し、ついで家康に面会した。家康は下へもおかぬ懇切なもてなしで、ただちに藤田信吉に、直江直次の短刀と白銀百枚、前田慶二郎には備前長船の刀と時服十領を贈った。信吉は、すっかり感激して、

「前田氏、なんとも家康公は、度量広大な大将だな。どのようなおとがめを受け

るかと思って、正直のところ、わしはひやひやしていたのだが、ひと言のおしかりもなく、こんな厚遇していただいては、冥加に余る次第だ」

と、手離しで喜んでいたが、慶二郎は、ふんと鼻をならして、うそぶいた。

「景勝の殿は、別に悪いことはしておらん。何もおとがめなど受けるはずはないでしょう。まして、家康と、われわれの殿は同じく、五大老の一人、同僚であって、主従ではない、殿が何をしようと、家康ずれにしかられることはないと思う」

「まあ、それは理屈だが、当今、内府公にたてつくものはひとりもないはず。事実上、天下の事をしきっておられるおかたじゃ」

「ばかにいわっしやい。たぬきじじいが、天下のことをつかさどるなど、いったい、だれが決めたのだ。だれが何といおうと、この慶二郎は、そんなことは認めぬ。だいたい、あいつが、人もなげに、大阪城にはいり込んでいるのが気にくわん」

信吉は、翌日、早速、家康の館に参上して、前日の礼を述べたが、慶二郎のほうは知らん顔。ひそかに島左近に使いをやって、連絡した。

常勝寺で会いたいというので、日を決めて出向いていくと、島左近は、慶二郎の顔をみるなり、

「前田氏、同じ前田の姓を名のりながら、あの利長という男、そこもととは天地うんでいの差、あきれはてた腰抜けだ」

「どうしたのです」

「家康におどかされて、未来永劫、内府さまに対し、いささかも異心これあるまじく――という起請文（きしょうもん）を出したのだ」

「利長めが！」

さすがの慶二郎も、あきれかえった。

「それでは、まるで家康の家来になったも同然ではないか」

「そのとおりだ。そのうえ、実母芳春院（ほうしゅんいん）を人質として、家康のもとにさし出したのだ」

「おばうえを！」

利家の室芳春院は、少年のころ、実の母のように愛してくれた人だ。あの人を

人もあろうに、たぬきおやじのところへ、人質に出すとは——利長め、いくじなしめ——と、慶二郎、まっかになって憤慨した。

「はあ、おもしろくありませんか」

帰りみちで、慶二郎が、馬の上から、辰之助に向かってぼやいた。

「おもしろくないな」

「うむ」

「久しぶりに、やなぎ町に寄ってはいかがです」

「女なぞ、つまらん」

「いえ、京のうまい酒をおのみになってはいかがです——というので」

「酒なぞ、つまらん」

「うぇへえっ。では、ばくち場へでもご案内いたしましょうか」

「ばくちなぞ、つまらん」

「弱りましたな。何をいたしたら、おもしろうございますか」

「利長の頭を、思いきりぶんなぐったら、気が晴れるかもしれん」

「ははあ。てまえの頭では、代理になりませんか」

「きのどくだが、ならん」

「ははあ」

ちょうどそのころ、家康の館では、内密に招かれた藤田能登守信吉が、老獪な家康の舌の先に、とろとろに溶かされていたのである。

「――のう、能登、よくここのところをかみ分けてくれ。征韓の役がどうやら納まって、天下の庶民ことごとく愁眉を開いたばかり。今ここで内乱でも起こるようなことがあっては、庶民の苦しみは、考えるだけでも哀れじゃ。上杉殿に何かご不満があるならば、とくと承ったうえ、この家康ができるかぎりのことはいたそう。みだりに兵を動かすごときことは、決していたされぬよう、おんもとから、よくよく景勝殿に申し上げてくれ」

「はい、段々のおさとし、信吉身にしみて承りました。主人景勝、いまだ分別足らず、ことに直江山城のごときあばれ者が、とかく扇動いたしますので、つい、お目にあまるようなこともしでかしまするが、わたくし、帰国いたしましたならば、内府さまのお深きお志、よくよく説ききかせまして、必ず近いうちに、上京いたすようにいたさせます」

「ああ、それを聞いて安堵いたした。こう年をとってくると、争いごとは大きらいになる。なんとしてでも、仲ようやっていきたいものじゃて」

たぬきじじいが目を細めて、ぬけぬけとぬかした。

## 十一

一方で笑顔をみせながら、他方で頭から恫喝的態度に出るのは、家康の常套手段だ。

藤田能登守信吉を、うまうままるめこんでしまうと、その翌日、慶二郎を呼び出して、存分にしつけてやろうとしたのである。

慶二郎、その日は、主人景勝の代理のつもりだから、礼服に威儀を正して、堂々と大阪城西丸の家康の館に乗り込んだ。

男でさえ、見ほれるばかりの、偉丈夫ぶりである。

対面の間に案内されると、正面に家康。左右に居並んだ家臣の中から、榊原康政が、

「前田氏――こちらへ」

と、自分のすぐ前の座席をさす。

慶二郎、かっと巨眼をひらいて、康政をにらみつけ、

「無礼でござろう」

「え」

「今日参上いたしたのは、私の前田慶二郎ではない。中納言景勝公の代理として、内府公と面談のためだ。榊原主水と同席まかりなるかッ」

「うーむ」

と、康政、額に青筋立ててうなったが、理屈は、そのとおりだ。

改めて、上座のほう、家康のすぐ前に、しとねを敷く。

慶二郎、いささかの遠慮もなく、むんずとその上にすわって、

「内府公より重ねて、景勝に対し申し入れらるることある由、何なりとも、承りましょう」

まるで、自分が景勝になったような顔をして、しゃあしゃあと、いってのけた。

「うむ、とくと尋ねたい不審の儀は、数々ある。大老がたの総代表としてこの家康が、詰問いたす。きっと返答してみせい」

家康も、信吉に対した時とは、人が違うように、かさにかかった物言いだ。

「いかにも」

「第一に尋ねる。しばしば上洛を催促いたすに、中納言、今もって上洛せざるは、なにゆえか」

「これは驚き入った次第。景勝、会津に国替えになった時、故太閤から、三カ年は在国いたして、治安に当たるように命ぜられたことは、内府公もよくよくご承知のはず。たまたま太閤病あつしと聞いて、お見舞いのため、先に上洛しましたが、太閤殿下薨去ののち、ふたたび国に戻りましたのは、とりも直さず故太閤の命令を重しとし、東北の警備に当たるためです。三年たちましたらば、ご催促なくとも、上京いたしましょう」

故太閤の命令を持ち出されては、いかんともしがたい。

家康は、いまいましそうに、

「されば、尋ねる。中納言、近時しきりに武器を集め、浪人を集めおる由、これはなにゆえなるぞ」

「ますます驚き入った次第。武将が武器をととのえ、知勇の士を集めるのは、当然のことではありませんか。上方では、茶器とか書画などを集めて、でれりでれりと暮らしおる武将も多いと聞きましたが、上杉家は、もともと、いなか武将、そのようなしゃれた趣味はもちません。武人の本性にふさわしき武器と武士とを集めます。それが、なにゆえいけませぬか、とんと了解いたしかねます」

みごとな逆襲である。

「ふふ、うまく言いのがれたな。されば、第三に相尋ねる。隣国堀久太郎、戸沢政盛などよりの知らせによれば、国内の道をひろげ、新道を設け、橋をあまた掛け、人馬の往来に備えおる由、軍兵を動かす必要もなきに、なにゆえそのようなこといたすぞ」

「堀とやら、戸沢とやら、そのようなことを大事らしく注進いたしたとすれば、実にもって、あきれたかたがたですな。国を治めていくうえに、人馬の往米の便ならしむるため道路橋梁を設けるのは当然のこと。もし、謀叛をはかるつもりならば、道もつくらず、橋もかけず、国境を閉ざしておくほうが、はるかに得策ではありませんか」

　ことごとく反駁された家康が、憤然として、

「黙れ、いかに言いくるめても、中納言の不穏の行動は、世上隠れもないところだ」

「これはおもしろいことを承ります。世上のうわさを引き合いに出すならば、内府公のご所行こそ、最も不穏といわねばなりますまい」

「なんと！」

「わたくし、上洛いたして以来、市井のうわさを聞きまするに、内府公は故太閤の遺命にそむいて、ほしいままに諸侯と姻戚関係を結び、党派を立て、天下さまと呼ばれおる由。内府公が天下さまならば、秀頼公は、いったい、どうなるのです。世上のうわさに対して、まず、内府公のご釈明を承りたい。主人景勝に代わって、お尋ね申し上げましょう」

　これはとても一筋なわでいく男ではないと、家康も、内心、ひそかに舌をまいた。

　得意のねこなで声に急変して、

「いや世上のうわさというものは、たあいないものだ。わしの秀頼に対する気持ちは、故太閤に対する気持ちと少しも変わらぬ」

「されば、景勝についての世上のうわさも、まことたあいないものとおぼしめしください」

※　※　※

おどしつけるつもりが、逆に、片っ端から逆ねじをくわされた家康は、

「いろいろ、釈明承って、安堵した。事情がわかってみれば、古いなじみの中納言殿、この家康のほうには、何の異心もない。会津へ戻ったら、よろしく伝えてくれ」

「ご了解いただき、本懐のいたり」

「かたくるしい役目はこれでおしまいにして、ゆるりと話していってくれ。さすが、故前田大納言殿のおいごじゃ。先ほどからの応待、ほとほと感服したわい」

とってつけたようにお世辞をふりまいて、酒肴をもってこさせる。

慶二郎、パッと下殿にさがって、

「主人代理としての役目が終わりましたうえは、陪臣前田ひょっと斎、内府公のおそばはおそれあり、遠慮つかまつりまする」

――こやつ、相当なやっだ。

と、家康はじめ、列席の、本多、井伊、榊原、鳥居、土井の諸将、感心と反感と半分半分で、慶二郎をながめている。

「そこもとは酒豪と聞いた。ささ、遠慮なく過ごされよ」

榊原康政が、酒をすすめると、

「されば、豪酒を通りこして、暴酒、乱酒、狂酒のたぐいですが、お許しあれば、いくらでも飲みましょう」

「存分に、やっていただきたい」

思いきり酔わせて、何かしくじりをしでかさせ、のちのちの笑い草にしてやろう――と考えたのか、一同が、しきり酒をすすめる。もとより、酒つぼから生まれてきたような男だ。いい気持ちになって、底なしに飲んだ。

さすがの家康麾下の豪傑連中も、いささかあきれかえって、

「なんと、驚いたものだ。いったい、どのくらいまでいけるのかな」

「はは、今までは、序の口、これからが本式にのむのです」

「ええっ」

あまりの酒量に、一同がぼうぜんとしていると。ふらりと立ち上がった慶二郎、

「や、これは、いい気持ち。ごちそうになったお礼に、習い覚えたばかりの会津踊りをご覧に入れよう」

「ほう、それはおもしろい。ぜひ、拝見したい」

「されば、槍一本、拝借したい」

持って来た真槍のさやを、パッと払った慶二郎りゅうりゅうとしごいて、

「槍仕、槍仕は多けれど、
名古屋山三は、一の槍。

やんれ、一の槍」

大身の槍を、どう使うのか、天井にも触れず、ふすまも破らず、しかも、前後左右上下、縦横にふりまわして、踊りつつ、歌いつつ、合いの手に、

「えいっ、やあっ」

と、掛け声鋭く突き出す。

その槍先が、本多、井伊、榊原、鳥居、土井といった連中の鼻先一寸のところに、ピカリッと電光のように突きつけられたかと思うと、ひゅっとたぐりよせられていくのだ。

一同は、青くなったが、面目上、顔をよけるわけにもいかぬ。背中にじっとり汗をかいて、必死の思いでこらえた。

さんざん、列座の人々の肝を奪った慶二郎、突然ぴたりと動きを止め、槍を横たえ、両手をつくと、

「さらば、これにて、ごめんそうらえ」

にやりと笑って、さっさと退出していってしまった。

あとでそっとわきの下をぬぐった井伊直政が、

「ふう、きゃつ、おどかしおった」

榊原康政が、

「戯れのようにみせながら、あの鋭い槍先、おれは戦場であいつと、つらをつき

合わせたくないな」

※　　※　　※

藤田信吉と慶二郎とが会津に戻ったのが三月三日。

「小夜、戻ったぞ、生まれたか」

かど口からどなった。

走り出てきた小夜が、ほおを赤らめて、

「何をおっしゃるのです。まだやっと五月め、もう五カ月しなければ生まれませぬ」

「めんどうなものだな。もっとてっとりばやく、なんとかしろ」

「そんなかってなことはできませぬ」

「おかしいな、おれがこんなに気短なのに、おれの子が、人並みに十カ月ものんびりと、小夜の腹の中にくすぶっとるとは、気の知れぬやつだ」

「ばかなことおっしゃらないでください。辰之助まで笑っております」

「辰之助は、特別ぼやっとしとるから三十カ月ぐらい、おふくろの腹の中で、ひるねでもしおったのだろう。おれの子とは、比較にならん」

「まあ、そんなご無理をおっしゃるものではありません」

「そうか、むりか、ふん。しかし、京へ二カ月も行っていたのだ、少しは大きくなっただろう」

「はあ、それは――」

「そうか、そうか。どれ、ちょっとさわらせろ……」

「ま、あなた！」

小夜が、まっかになって、逃げ腰になった。

「はは、いかんか、じゃ、がまんする」

「あたりまえです」

「そうか。名まえまで考えてきてやったのに、しようのないやつだ」

「ほほほ、何という名をお考えになりました？」

「大二郎利宗だ」

「おなごでしたら？」

「女？　ばかいえ、男にきまっとる。この賭けは、絶対おれの勝ちだ」

「でも、それはさずかりものです。ばくちのようにはいきません」

「うるさい。もし、女だったら――」

「おなごでしたら」

「かってにしろ！」

と、言いすてて、外へ出ていこうとする。

「あ、あなた、どちらへ」

「男の子の顔を見に立ち寄ったのだ。まだ生まれてないのなら、山城守殿の屋敷に行ってくる。できるだけ早く生め！」


そのまま馬を走らせて、山城守のところに行って、大阪での事態を報告した。

山城守が両手をうって喜んで、

「それは痛快だった。で――治部少のほうの準備はよいのだな」

「島左近とじゅうぶん打ち合わせました。こちらの旗をあげ次第、いつでも、応ずるとのことです」

「よし、明日、登城して、殿に報告してくれ」

景勝は、藤田信吉と慶二郎のふたりから、まるで違った報告を受けたが、知らん顔をして、両方に、うむうむとうなずき、

「ご苦労であった」

と、ひと言いったきり。


三月十三日になると、総登城の布告。

もっとも、この日は、先代不識庵上杉謙信公の二十六回忌だから、当然のことである。

法華経一万部の法事の式が終わると、全領国二十六カ城から集まった家老重臣はじめ会津在城の藩士一同を大広間に集めて、直江山城守が、ここにはじめて、正式に、家康討伐の兵を起こすことを告げたのである。

「諜者の知らせによると、わが殿をあざむいて上洛せしめて打ち取ろうとした家康めは、その計画が失敗したので、いよいよ会津攻めの軍を起こすらしいという。先んじて人を制するは、これ兵家の第一法じゃ。徳川勢の押しよせて来る前

に、旗をあげて、天下に家康の横暴を訴えよう」

聞いて藩士たちがいっせいに、

「わあーっ」

と、大波がくずれ落ちるような声をあげた。

大部分は、喜びの声だが、中には、不安と危惧のつぶやきもある。

藤田能登守信吉が、進み出て、

「これは、意外なことを承ります。わたしが先に上洛してみてまいりましたことは、すでに、じゅうぶんご了解を得たものと思っておりましたのに、なにごとでござる。内府公にはわが殿を敵視される意図など毛頭ありません。みだりに兵を動かしても、今日の内府公のご威勢は、とうてい、会津一藩で対抗しうるものとは思われません。無暴な旗上げはおやめください」

この人のいい男は、ほんとうにそう思い込んでいるので、恐れげもなく言ってのけた。

これに力を得て、のさばり出たのは、勘定奉行をしている栗田刑部(ぎょうぶ)という男。

これも、かねてから、家康に好意をもっている。

「ただいま、藤田殿のいわれたところ、全くもっともと存じます。国替えのために、ばくだいな費用をつかって、藩の財政はすこぶる苦しい。合戦などとは、思いもよりませぬ」

「そうだ、そうだ」

と賛成する声が、処々から起こったが、

「ばかッ、何をいう」

「内府に買収されたか」

「内府がこわいか」

「金が戦うのか、おれたちが戦うのか」

元気のいい反対論に、頭から押しつぶされてしまった。旗上げの議、ただちに可決。

直江山城は、用意の手くばりを、その場で申し渡す。

全城が、炎のような、たくましく、荒々しく、若々しい闘志につつまれていく。

その騒ぎのさいちゅう、ひとりが、突然、叫んだのである。

「や、先ほどから、藤田信吉がみえぬぞ」

「栗田刑部も姿を消している」

「あやしいぞ」

「やつらの屋敷を調べろ」

飛び出していったものが、走り戻って、

「藤田、栗田両名、風をくらって逐電しおったぞ」

「くそっ、ひっとらえろっ」

わっと押し出した若手連中の、最先に、大槍ひっかかえて、馬を飛ばしたのは、ほかならぬひょっと斎慶二郎である。

つづいて、岩井備中守、木戸監物。いずれも、上杉家中、名うてのあばれ者だ。

※　　※　　※

落ちゆく道は、南山口——と見込みをつけた慶二郎、ひた走りに馬をはせ、たちまちのうちに、岩井、木戸らを引き離して、脱走者を急追していた。

夜を通してつっ走って、明け方、那須領にはいる国境近くまで来た時、はるか前方に見える一団——まさしく、藤田、栗田両名の一行に違いない。

先方でも、慶二郎の姿を認めたのであろう、急に馬を急がせて、なんとか国境を突破して、那須領にはいってしまおうとする。

「裏切り者め、逃さぬぞっ」

あわをふく馬の手綱をひっしと握りしめ、馬腹をけったが、追う者と追われる者との距離は、まだ相当ある。

「待てっ、藤田、逃げるか、栗田。かえせ、戻せ。慶二郎ただ一騎だぞ、尋常に勝負しろ」

慶二郎ただ一騎と聞いて、藤田も栗田もふるえ上がった。

ほかの者なら、五人十人いても、場合によっては、踏みとどまって返り討ちにしてやろうという気になるが、相手が慶二郎では、追いつかれたが最後、首がふっ飛ぶ。

「逃げろ、逃げろ。うしろをみるな。なんでもかまわず、那須領内に逃げ込め」

国境のさくが、すぐ前にみえてきた。

鉄砲を持った番士が、警備している。

あそこへ逃げ込めばよいのだ。

かねて打ち合わせてある紅白の旗を打ちふって、番士たちに合図しつつ、藤田と栗田の一団は、半ば狂ったように、疾走をつづけた。

これを追う慶二郎もまた、血走った眼に、すさまじい光をたぎらして、狂えるもののよう。距離は、しだいにつまっていく。

二十間、十間、五間——

慶二郎の長槍が、さっと走って、脱走者の最後尾にいたひとりの背を、ぐさりと貫いた。

「うあっ」

非鳴をあげて、馬上から転落する。

――追いつかれたぞ。

その悲鳴は、脱走者たちの胸にしみわたり、肝をちぢめた.

つづいて、また、

「ううむ――ぐうっ」

「あっ」

「ちっ、やられたっ」

後尾から、次々と倒されていく。

今は、慶二郎の前には、栗田刑部と、藤田信吉の姿があるだけ――しかも、そのふたりは、まさに境界のさく門に飛び込もうとしている。

「くそっ――」

無念、まにあわぬ、とみた慶二郎、槍を高く肩の上にさし上げると、快刀一打、

――びゅーん

うなりを生じて、空を切った。

「ぐわっ」

粟田刑部が、背から胸に、槍先をつきさして、馬上につっ伏す。

その瞬間、藤田信吉かろうじて、さく門内に走り入る。

とみて、番士の隊長が、

「撃てっ」

慶二郎めがけて、一斉射撃が行なわれた。

もとより、そんなことは覚悟のうえだ。槍を投げると同時に、馬の顔をうしろに向け直し、いちもくさんに走っていた。

しかも、その射撃のせつな、慶二郎の姿は、くらの上から消えていたのである。

「やっ」

「きやつ、落馬か」

「射とめたか」

番士たちが鉄砲を立てて、目を大きくした時、からだを横倒しにして馬側にぴったりくっつけていた慶二郎が、ひょいと、くらの上にからだを立て直し、うしろをふりむくと、

「まぬけめ。うぬらのへぼ玉が、このひょっと斎どのに当たると思うか、ぴいっ」

不敵なすてぜりふと冷笑をあとに、二の玉をこめるひまも与えず、はせ去ったのである。

## 十二

「小夜、いよいよ合戦だ」

城中の会議から戻ってきた慶二郎が、元気のいい声でいった。

顔色が薄桃色に染まって、双のひとみが、星のように光っている。

「まあ、うれしそうな顔をなさって——合戦が、そんなに楽しゅうございますか」

「あたりまえだ。武士は、合戦のために生きているのだ」

「でも、万一、討ち死になどあそばしたら、いやでございます」

「ばかいえ。合戦にいく以上、死ぬのは覚悟のうえだ。武士の女房が何をいう」

武士の女房といわれてみれば、小夜も、返すことばがない。まゆを悲しげにひそめて、下を向いたが、声が小さくなって、

「もしものことがありましたら、おなかの赤子が——」

と、奥の手を出した。

「小夜のおなかに、おれの赤ん坊がいるから、安心して討ち死にできるのだ。討ち死にの前に、一目みておきたいと思ったが、おまえがのんびりしとって、なかなか生まんから、まにあわぬ。しようのないやつだ」

何の屈託もなさそうにいってのける慶二郎をみて、小夜は、もう胸がつまって、ことばが出ない。

「なんだ、小夜、泣きつらをするな」

とどなった慶二郎、ちょっとかわいそうになった。

「別に、討ち死にすると決まったわけではない。ただその覚悟はしているというのだ。今から泣くことがあるか。気の早いやつだな。赤ん坊のことは、いやに気が長いくせに」

「せめて、赤子の生まれるまでは、討ち死になさらないと、誓ってくださいませ」

「そんなことわからん——が、心配するな。おれを討ちとめるような相手は、天下総ざらえにしても、そうザラにはあるまい」

「そうでございますとも。そうに決まっています」

「ほう、急に気強くなったな。しかし、鉄砲というやつがある。こいつにポンとぶつかったら、天下の豪傑ひょっと斎殿も、おしまいだ」

「鉄砲なぞ、当たりません」

「よし、賭けようか」

「まあ」

あきれかえった小夜が、しみじみと情けなさそうな顔をして、

「殿方は、なぜ、そんなに、合戦が、お好きなのでしょうねえ」

「命をかけた、いちばん大きなばくちなのだ。こんなおもしろいものはない」

「そのばくちに勝ったからとて、どうなるのでございます」

「勝っただけで愉快なのだ。いや、ばくちをやることだけで、愉快なのだ」

「おなごにはわかりませぬ、そんな気持ちは」

「そうかもしれん。だが、勝ったあかつきには、この慶二郎が、一国一城のあるじになるのだと思ったら、どうだ」

「うれしくありませぬ」

「えっ、どうしてだ」

「一国一城のあるじになり、お勝手元が楽になれば、また、つまらぬばくちをなさるでしょう」

「それは――やるかもしれん」

「美しいおなごども大ぜいに、手を出されるでしょう」

「つまらんことをいうな。女はもう、やめたというたではないか」

「ほんとうに、たしかに、でございますか」

「うーむ、それは、つまり、その、あまりやらんということだ。少しは大目にみろ」

「それ、ごらんあそばせ。あなたのは少しもあてになりません」

「そんなことはない。おまあで、女にあいそうがつきたのだ。せいぜい、時たまの気まぐれで、年にひとりかふたりか――五人ぐらいになるかな。あるいは、もう少し――」

「十人なと、二十人なと、お好きなだけ、かわいがっておあげなさいませ」

「こら、まだ何もしとらんうちから、あわてるな。だいいち、ばくちに負けて死んでしまえば、何もできはせん。安心しろ」

「夫が討ち死にするというのに、安心できる女房がありましょうか」

「えい、また、同じことを言い出しおった。もう、やめておけ。早く赤ん坊を生むことだけを考えていろ」

「――はい」

「男の子だぞ、まちがうな」

※　※　※

五月にはいると、大阪の家康が、景勝征伐の大動員令を下し、万端の準備をととのえて、六月十六日、ついに大阪を発して、東征の途についた。

事情は、すべて、三成の密使によって、会津に報告される。

景勝は、直江山城に命じて、家康の軍を迎え撃つ軍略を定めた。

黒川郡から白坂の西に出る南山口に、宿将東庄越前守繁長八千の兵をひきいていで、白川城下につらなる松山の辺に、中条越前守、大崎筑前守、長井丹後守以下四万の大軍が控え、景勝は、親兵をひきいて長沼に待機して、好機をみて家康の本陣の背後に回り、ただちに中枢に斬ってはいるという大胆な戦法である。

家康の先鋒として、徳川秀忠、結城秀康の両人が、蒲生飛弾守、石川玄蕃頭、井伊兵部、本多中務、榊原式部ら四万三千。七月十九日江戸を発して、会津口に向かう。

一日置いて、総大将家康は、三万八千の兵をひきいて江戸を離れ、二十四日小山についた。

その日、伏見城代鳥居彦右衛門元忠から飛報あり、——石田治部少、大谷刑部、安国寺恵瓊らが申し合わせ、毛利島津宇喜多らの西国諸大名を語らって、内府公討伐の旗をあぐ。

「やりおった、治部め」

と、たぬきじじい、歯がみしてくやしがってみせたが、本当のところは、石田の謀叛など、もとより覚悟のうえだ。

ただちに諸将を合同して、評議を重ね、上杉方への備えとして結城少将秀康を残し、蒲生、里見、佐野らの諸将に二万八千を添えて宇都宮にとどめ、総軍きびすをめぐらして、西下していったのである。

「ちっ、家康め。白川表にひきずり込んで、ただ一戦に勝負を決してくれようと思ったに、上方へ逃げゆきおった」

と、景勝と直江山城とは、下くちびるをかんで、残念がった。

このうえは、関西の戦況いかんによって出撃し、長駆江戸をつくことだが、その前に、最上出羽守義光の領国を奪って、後顧の憂いをなくしておくのが良策と、意見一致。

九月九日、直江山城守は、四万の軍兵をひきつれて会津をいでたつ。

先陣は春日右衛門尉、二陣は五百川縫殿助、三陣が上和泉主水、四陣が直江山城。

慶二郎利太は、二陣の侍大将として、黒具足にさる皮の投ずきんをかむり、しょうじょうの広そでの羽織り、背には金の切れ裂きで両筋を縫いつけ、かわら毛の馬の七寸ばかりなるを野髪にし、朝鮮鞦掛けて打ち乗った。

まことに目ざむるばかりの、闊達華麗な若大将ぶりである。

送り出した小夜のおなかは、もう、きょうあしたにもこぼれ落ちそうだ。

「とうとう、まにあわなかったな。無器用なやつだ」

「はい、ですから、赤子が生まれるまでは」

「えい、くどいことをいうな。早く生んでおけ。行くぞ」

馬にむちあてて走り去る慶二郎のうしろ姿を見送って、小夜が、目がしらを押えた。

城下から宿陣まで、僧俗老若男女、道を埋めて、出陣を送る。

「まあ、お美しい。あれが、前田慶二郎さまよ」

「お顔が、お日さまのように輝いて――」

「あれかい、女たらしで、酒くらいで、ばくち好きのひょっと斎というのは」

「いまいましいが、いい男だ」

「乗ってる馬まで、武者ぶるいしているようだな」

口々にののしり騒いでいる中を、慶二郎天下一の色男のような顔をして、すまし込んで、馬をうたせていく。

その頭のすみに、ぴちぴちした健康そうな、燃え上がる炎のような、生まれての赤ん坊の姿がおどっていた。

※　※　※

最上義光は、上杉の大軍おしよせ来ると聞いて、上の山から幡屋の城まで、とりで二十五カ所を構えて、これを食いとめようとする。

直江山城守は、部下の諸将を集めて、

「最上方の城砦（じょうさい）二十五カ所、いずれの城から攻めるのが、最も有利と思うか、おのおの所存を述べてもらいたい」

と、相談すると、まずひざをのり出したのが軍奉行（いくさぶぎょう）の杉原常陸介親憲。

「戦いの本道は、敵の根拠地を一挙にほふることでしょう。二十五カ所のとりでなどには目もくれず、ただちに山形城をめがけて攻めよせ、最上義光の首をあげれば、他の諸城は、たちまちにして降伏するでしょう」

と、なかなか勇ましい意見を吐く。色部長門が、首をふって、

「いやいや。万一、このまま山形城下へ突入などすれば、背後を完全に包囲されてしまう。山形城は、名にしおう要害、容易には落ちないと思われるから、味方は、袋の中のねずみになるおそれがあります」

春日右衛門尉、上和泉主水らも、これに賛成する。杉原常陸介は、軍奉行の面目にかけて、なかなかゆずらない。

議論白熱した時、直江が、慶二郎のほうを向いて、

「ひょっと斎、先刻から一言も口を出さぬが、どう考えているのだ」

「はあ、わたしは赤ん坊のことを――」

「なにっ」

「いや、その、赤ん坊の手をねじるより容易に、落とすことのできる城から攻めるのが、いちばん利口だと思います」

「それは、どこの城だ」

「幡屋城です」

「なぜだ」

「幡屋城におる伊場内記という男、わたくし、京において知り合った者、先般、内密に書をやって、内通をすすめておきましたところ、三の丸にとりかかってくれさえすれば、城内から火を放って、城方を混乱させ、城門を開いて上杉勢を引き入れよう、と申してきました」

「ほほう、すばやいことをやったものだな。だが、その伊場という男、たしかに信用できる男か」

「だいじょうぶです。わたくしの昔のばくち仲間、負けた時の金の払いっぷりは、実にみごとなものでした。ああいう男は、信用できます」

「妙なほめ方だな。しかし、そういう便宜な手はずがついているのならば、問題はない。幡屋城から攻めおとそう。第一戦に勝てば、全軍の士気があがる」

そうなると、今度は、皆が、先陣をつとめようと、相互に牽制し合って、なか

なか譲らない。山城守が、

「これは、内応の段取りをつけた慶二郎に先鋒をつとめさすのが、いちばん穏当だろう」

と言い出すと、慶二郎、何を思ったか、

「いや、わたしは内通者と連絡したことだけで、一応の仕事をやったようなもの。先陣は、以前の出陣計画で第一陣を承るはずであった、春日右衛門尉どのに仰せつけください」

と、殊勝げに譲歩した。春日右衛門尉が、にたりと笑うと、慶二郎は、

「そのかわり、からめ手の攻撃は、わたしにまかせていただければ、ありがたきしあわせ」

「それは、よいだろう」

大手門は春日右衛門尉先鋒となり、五千の兵と鉄砲二千丁をもって攻撃。からめ手には、前田慶二郎が三百の選兵をもって、急襲する計画が、決定された。

九月十三日黎明、幡屋の小城は、上杉勢をもって、完全に包囲しつくされる。

城を守るものは、最上の豪将江口五兵衛光堯、城兵わずかに一千余名。

通常の手段では、とても防ぎきれぬと思った江口は、大胆にも六百の兵を城外の六カ所に百名ずつ、伏兵としてしのばせ、みずから八十騎の騎馬の武者をひきいて、上杉勢の先懸、高浜弾正のひきいる一隊のまっただなかに、なぐり込んできた。

不意をくらって、ぐいぐいと押しかえされる高浜弾正の一隊を、背後にあたってみていた春日右衛門尉、

「えい、だらしのない弾正め。みずから願って先陣を引き受けたこの春日の面目を何とするぞ。死ね死ね、一同死ね」

と憤撃、二間半の長槍しごいて、敵中に突入する。部下五千、一団となって、江口五兵衛の騎馬隊を包囲したせつな、その外部の六カ所から、城方の伏勢一挙に起こって、上杉勢に斬ってかかる。

「伏兵だぞ」

「敵は背後に回ったぞ」

「いや、周囲をとりかこんだらしいぞ」

上杉勢、さすがにあわてふためいたが、歴戦の勇士春日右衛門、ただちに陣をたて直し、

「敵は小勢だ、あわてるな。個々にぶち破れ。気おくれすまいぞ」

と、大声に叱咤しつつ、敵将江口を求めて、馬を縦横にはせる。

多勢に無勢、城方はしだいに斬り立てられ、伏兵の大部分は討ち死に。城将江口は、わずか数騎の部下にかこまれて、ようやく城中へひきとった。上杉勢そのあとについて、息もつがせず攻めたてて、三の丸にとりつく。

と、これを見た城中の裏切り者伊場内記、約束どおり、本丸に火を放ち、城兵が騒擾する間に、そっと、からめ手の門を押しひらいた。待ちかまえていた慶二郎、部下とともに二の丸に乱入、さらに本丸に突入。

城は、もろくも落ち、守将江口は、慶二郎の隊士志賀五郎右衛門が討ち取る。

慶二郎、この日討ちとめた敵は二十八人――

謀略においても、槍先の功名においても、第一等と、直江山城。折り紙つけて賞賛した。

勝ちに乗じた上杉勢は、さらに、ひた押しに最上方の各城砦を襲った。

最上義光は、とても独力でこの強襲を防ぎきれぬと覚悟し、いとこに当たる伊達政宗に使いを派して、救いを求める。

政宗は、かねてから上杉景勝と、仲が悪い。景勝の領地会津がほしくて、よだれがたれそうなのだ。この機会に最上を助けて、上杉をやっつけておけば、あとになって、家康に願って、会津を手に入れることもできようと、欲の皮をつっぱらせ、ただちに救援の軍を出す。

※　※　※

とりあえず伊達上野介、津田豊前守を先鋒として、四千の兵を送り、つづいて、政宗みずから一万五千の精兵をひきいて、長谷堂に、文田村に出陣する。

最上義光、これに力を得て、山形城の兵二万をくり出して、同じく長谷堂に近い稲荷山に陣をとる。

長谷堂の城を攻囲していた直江山城は、この大軍を迎えて、びくともせぬ。

「慶二郎、いよいよ、伊達の古だぬきが出てきおった」

「あいつ、以前からむしの好かぬやつです。ちょうどよいおりです。思うさま、痛めつけてやりましょう」

「うむ、それには最上の各城を片っ端からふみつぶして、後顧の憂いを断っておいたほうがよい。わしが、ここで政宗と義光の軍を牽制しているから、その間に、最上領内を荒らしまわってくれ」。

「それはありがたい」

慶二郎その日から二十四日まで七日の間に、最上の砦、陣所、小城、攻め落とすこと二十一、討ちとる首級三千四百七十余、在々所々を焼き払い、今は残るところ山形、上の山、長谷堂、谷、寒河江の五城のみとなった。

「さあ、このうえは、長谷堂の城を落とし、一挙に山形城をふみつぶせ」

上杉勢は、総力をあげて、長谷堂城の攻撃を開始する。

城将志村伊豆守高治、城門を開いて討って出れば、援軍の先手伊達上野介、これと相呼応して、上杉勢の側面をついた。

前田慶二郎、五百川縫殿助、若林織部、赤輪土佐など上杉家名題の勇将ら、奮戦力闘。

槍も刀もささらのごとくなり、全身に矢を七つ八つずつ折りかけ、乗ったる馬は朱にひたり、いずれも鬼のようなつらになっている。伊達勢を打ち破り、志村勢浮き足立つところを急追して、城門に迫った時、稲荷山から、怒涛のごとく押しよせてきたのが、最上義光の本隊である。


決戦数刻、疲れ果てていた上杉勢、たまらずひき足になるのを、慶二郎、ただ一騎ふみとどまって、

「ひくな、返せ、戦え。そして、死ね。上杉武士の名を恥ずかしむるな」

もう、戦っている人間というよりも、狂いまわっている野獣のようなすさまじさ。気力尽きたかに見えた上杉勢の将士、その声に励まされ、その姿にひきずられて、しゃにむに反撃して、逆に最上勢を追い散らし、ようやく、景勝の本営に引き揚げてきた。

「慶二郎、よく戦ったな。さすがの色男も、きょうは、赤鬼のように見える」

「されば、討ち死にして、あの世へ行ったらば、鬼のつらのほうが、女亡者どもにもてるかと思いましてな」

「ははは、まずひと休みせい」

「それより、一杯ひっかけたい」

「そうか、遠慮なくやれ。敵もあれほどの打撃を受けたのだ、きょう、あしたは身動きもできまい」


竹筒の酒を、息もつかずにのみ干した、慶二郎が、

「山城守殿、こんな戦いぶりではだめです」

「どうすればよい」

「全軍を二つに分かち、その一をもって最上勢と戦わせ、他の一をもって、まっしぐらに政宗の本陣をつくよりほかはありません」

「なるほど――いつやる」

「明朝」

「明朝？」

さすがにあきれて山城守が、血みどろの慶二郎を見返した。

「慶二郎が死ぬか、政宗のしゃっ首あげるか、二つに一つ。明朝、最後のばくちをうちたいと思います」

昂然と言いきった時、幕舎の外に人の騒ぐ声、騎馬のひずめの音——たれ幕をひきあげて、ころがり込んだ男がある。

「おお、安藤。どうした」

「殿、無念でございます。これを——」

差し出したのは、会津の景勝からの書面である。山城守と慶二郎、その文面に目をそそぐと、さっと顔色を変えて、息をのんだ。

去る十五日、関ガ原には東西両軍激突、金吾中納言の裏切りにより、西軍一日にしてもろくも総敗軍——の悲報だったのだ。

## 十三

景勝から直江山城にきた書状には、関ガ原において西軍が敗れた以上、ただちに最上口を引き払って、会津へ帰陣せよ、とある。

「慶二郎、どうしたものだろうな」

「このまま引き払えば、関ガ原の敗報に肝をつぶして逃げうせた、といわれるでしょう。もうひと攻めして、敵の肝を奪ってから、堂々と引き揚げることにしましょう」

ただちに剣持市兵衛を使者として、長谷堂の城中につかわし、

「今度、われら秀頼公のため、大義の戦い思いたったが、天運時きまらざるか、西軍の謀首健将ことごとく。あるいは捕えられ、あるいは斬られた。われわれも、やむなく明日、ここを陣払って、心ゆくまでやってみたい」

と、申し入れる。城方も、この時は、関ガ原合戦の報告を受けていたから、意気大いにあがって、

「明日ご帰陣とはなごり惜しい。明朝、餞別の一槍つかまつろう」

という返事だ。

明くれば九月二十九日の朝。直江山城四万の勢を二手に別け、二万を菅沢山に残して、政宗を押え、二万をみずからひきいて、長谷堂の城へ取りかかった。おりからの風を利用して、総構えに火を放ち、敵の混乱に乗じて、上杉方の勇士山口軍兵衛まっ先に塀を上って、城内に飛び入る。

つづいて殺到する上杉勢の猛襲に耐えかねて、敵は総構えをすてて、二の丸、三の丸にひきこもり、石弓大筒を放って、ここを最後と防ぎ戦う。

上杉勢は三の丸の壁下まで、諸将の屋形、町屋ことごとく焼き払い、勝ちどきをあげて、菅沢山に引き取った。

「さあ、最上のやつらにひとあわふかせたから、会津へ引き揚げよう」

と、直江山城が全軍を指揮して、洲川のほとりまで退いてくると、最上、伊達

の両勢、

「敵は退いていくぞ、追い討ちしろ」

とばかり、三万余の軍勢が、猛烈な追撃戦を展開してきた。

上杉方では殿軍の杉原常陸介が八百丁の種子島の筒先をそろえて込め替え込め替え打って、敵がひるむとみれば、直江山城みずから手勢三千をひきいて取って返し、さんざんに逆襲する。


朝の十時から、午後の三時ごろまで、ひきつ戻りつ、火花を散らして戦ったが、最上伊達両勢の追撃はすこぶる執拗で、容易にふり切ってしまうことができぬ。


いつまでもこの状態をつづけていては、味方の損傷が大きくなるばかりと、いらだった直江山城が、春日右衛門尉、上和泉主水らを呼び、

「このうえは、わしが敵陣のまっただなかに斬り込んで討ち死にするから、その間に、兵をまとめて引き揚げよ」

と、白沫(しろあわ)をふいている馬のくらにつき立ち上がり、十文字の槍を振りしごい

て、突入しようとする。

そのまん前に、馬をつきかけるようにしてさえぎったのが、慶二郎利太だ。巨眼をかっと見開いて山城守をにらみっけ、

「山城守殿、気でも狂われたか。およそ士卒は大将ひとりを頼みにしているのだ。これしきのことに心気屈してみずから命を捨てるごとき弱気になるとはなにごとだ。敵の追撃は、わたしがここでくい止める。大将は、後尾の戦闘などは、気にかけず、堂々と軍を引いて行かれい」

と、叫ぶや、ただ一騎、むらがる敵勢の中に向かっておどり込んでいく。

これをみて、水野藤兵衛、藤田森右衛門、宇佐美弥五左衛門、韮塚理右衛門など、いずれも皆朱の槍を許された豪の者。

「くそっ、慶二郎ひとりにてがらをさせてたまるものか」

と、いっせいに槍をふるって進み、さんざんに敵をつき伏せ、二町ほども追いまくった。

これに勢いをもり返した杉原常陸介の鉄砲組、しゃにむに突入して、敵将伊達政宗、最上義光の旗本をめがけて、いっせいに弾を打ち込む。

両軍の本陣、どっとくずれ、死傷者数を知らず。この時、慶二郎が持ち前の大音声で、

「敵陣はくずれたぞ。つっ込め、つっ込め。山城守殿の手勢が、敵陣の左わきを背後に回っている。押しつつんで、政宗の首打ちとれッ」

とどなった。

混乱しきっている敵勢が、みごとこの謀略にひっかかり、背後から山城守に突きかかられては一大事と、洲川に追い落とされながら、逃走また逃走、ことごとく長谷堂のほうへ引きさがっていった。


上杉勢、軍をまとめて、ゆうゆうと、米沢城へ引きとる。

この洲川の合戦は、両軍兵をまじえること十八度、両軍死者おのおの千をこえたが、結局上杉方の大勝、なかにも慶二郎はじめ五人の皆朱槍の奮戦ぶりは、敵味方ともに目をおどろかし、のちのちまで「洲川の五本槍」とうたわれた。

※　※　※

関ガ原の敗報に、会津の城中城下では、寂然としてしばらくは声もなかったが、直江山城が、大軍を無事に引き揚げてきたと知って、ようやく生気をとり戻した。

それにしても、陣払いの際の激戦に、討ち死に一千名をこえるという知らせに、どこの侍屋敷でも家族の者は、不安に胸をどきつかせて、詳報を待っている。

「山城守さまが戻ってこられたぞう」

という叫びが聞こえると、町屋からも侍屋敷からも、皆飛び出して、道をうずめた。

引き揚げ軍は、つい先日の華麗な出陣軍とは同じ軍隊とはみえぬほどよごれきって、よろいの上に返り血の黒くかたまりついている者、片腕をつった白布が赤く血に染まっている者、槍にすがってびっこをひいている者、ほおひげぼうぼうとはやしている者——だが、いずれも勇気凛々として、頭をつきたてている。

——関ガ原では敗れたかもしれぬが、おれたちは一度も敗れてはおらぬぞ。

という誇りを、顔いっぱいに輝かしているのだ。

その軍勢のそばを走りながら、おのれの夫、おのれの父、子、兄、弟の無事な姿をみて、声をあげて喜ぶもの、ついに姿を捜し当てることができずに泣き伏すもの——騒然たる城下のいちぐうで、小夜は、赤子を抱いて、じっとおのれの屋敷の一室にすわっていた。

自分も飛び出していってみたいのは、やまやまなのだが、そんなことをしたら、あとで慶二郎にしかり飛ばされると思って、一心にこらえているのだ。

——が、城中にはいった軍勢が解散したと聞くと、もう、がまんができなくなって、思わず立ち上がって、屋敷の門の外まで走り出る。

と、向こうから大声をあげて、はせてくる姿は、まぎれもない辰之助だ。

「奥さまあ、殿さまが、戻らっしゃいましたぞう」

「おおッ」

と、伸び上がったところに、さっそうと馬を飛ばせてきた慶二郎、たたッと馬

の足をとめると、

ひらりと降り立って、

「大二郎！　生まれたかッ」

というなり、小夜の抱いている赤ん坊を抱きとって、ひげの伸びたつらをおしつけたから、赤ん坊が、わあっと火のついたように泣きだした。

「こら、泣くな、武士のせがれだぞ」

「あなたッ、何をなさるのです。そんな乱暴につかんでは、死んでしまいます」

「たっ、しもうた。よしよし、柔らかく、柔らかく抱くぞ、ああ、ああ、よし、よし、ばあ、たッたッたッ、ばあ――」

「それ、そのよろいのかどが――」

「とっとっと、だいじょうぶじゃ。こら大二郎、なんと珍妙なつらをしとる、おまえは」

「何をおっしゃいます。生まれたての赤ん坊は皆、こうした顔をしているものです」

「ふーむ、これで、将来、おれのような色男になるのかな」

「ええ、なります。色の白いところ、小さいながら鼻筋の通っているところ、泣き声の勇ましく大きいところ、あなたさまそっくりでございます」

「そうか、そうか、それならよし。ふーむ。それにしても、ちっちゃいものだな。こら、大二郎、こんなチビのくせに、目も鼻も耳も口も、一人まえにつけているとは、あっぱれなやつだ」

「あたり前でございます」

「ふん、おれの留守中に、ちょぼんと生まれおって、チビのくせに、えらそうなつらをしとる。こら、大二郎！　たッたッ、泣くな、泣くな、よしよし、あゐあ、ばあ――」

夢中になっている慶二郎に、小夜が、

「まあ、お召し替えをなさって、お湯などおつかいなさいませ」

「ああ、よしよし」

着替える間も、赤ん坊の顔をみて、

「こら、大二郎、チビめ、笑え、笑え、ばあ」

さすがにあきれかえった小夜が、厨のさしずや、座敷の取り片づけを済ませて、へやに戻ってくると、慶二郎はまだ赤ん坊を、あぶなっかしい手つきでかかえて、歩きまわっている。

小夜の声が、少々、きつくなった。

「あなた」

「なんだ」

「あまり抱きぐせをつけてはいけません」

「そうか」

不満そうに手渡す赤ん坊をねかしつけてしまうと、ふたたび、

「あなた」

「なんだ」

「お帰りになってから、二刻半（五時間）も、赤子ばかり抱いておいでになりました」

「それがどうした」

「そんなにかわゆうございますか」

「あたりまえだ」

「では、そのかわいい、赤子を産んでさしあげたわたしは、どうなのでございます」

「あっ——こいつ」

慶二郎目をまるくして、小夜をまじまじとながめると、小夜が、ほおをさっと赤くした。

「こいつ、おのれの赤子にやきもちやくやつがあるか。ばかめ、夜まで待つものじゃ」

といいながら、ひょいと、小夜を抱き上げて、奥のへやにはいっていった。

※　※　※

伊達政宗は、上杉勢のために、さんざん破られたのが、残念でたまらない。

上杉方の福島城が手薄だと聞いて、みずから軍勢をひきいてこれを攻めたが、城将本庄越前守繁長は、謙信以来の猛将だ。

かえって城中から斬って出て、伊達勢を打ち破り、伊達勢がたまらず退いていくと、おりから湯原にいた上杉方の甘糟備後守が、これを横合いから攻撃した。

伊達勢総くずれになり、政宗、かろうじて白石城へ逃げ込む。

おりから十月（陰暦）も末になり、寒気きびしく、雨雪降りつづいたので、合戦は翌年の雪解けまで中止となった。

かくて、慶長五年もくれて、明くれば、六年。

上方では関ガ原役の論功行賞が行なわれ、西軍諸大名はいずれも領地の没収削減を甘受して降参したが、ひとり、奥州の上杉景勝のみは、昂然として、反徳川の旗を会津城頭にかかげている。

伊達政宗は、何とかして、連戦連敗の恥辱をそそぎ、家康のきげんをとっておかねばと、二月になるのを待ちかねて、福島城に近い宮代のとりでに攻めかけた。

が――これも福島城の本庄越前守に妨げられて追いくずされ、無念やるかたない。六月二十四日、ふたたび大軍をひきいて、簗川城を攻めにかかる。

城将須田大炊助長義は二十三歳の青年将校ながら、少しも恐れず、伏兵を用いて、伊達の宿将片倉小十郎の勢を完膚なきまでに粉砕した。

四月十七日、政宗は、最後の試みとして、二万五千の大軍をもって、福島城を、ひたひたと取り囲み、松川をはさんで激戦を展開し、ひとたびは城兵を城中へ追い戻したが、須田大炊助が逢隈川を渡って伊達勢の背後をおそって、政宗の本陣に切り込んだ。

伊達勢あわてふためいて逃げ足たつところを、城中から本庄越前が逆襲したので、政宗は総軍に退却を命じておいて、自分はわずか十騎ばかりで、間道伝いに白石へ逃げ戻った。

奥州のたびたびの敗軍の状況が、家康のもとにもたらされると、老獪な家康、

——これは力攻めにしては、損害が大きい。なんとかして、おとなしく講和に持っていきたい。

と考えて、結城少将秀康に相談した。

秀康は、家康の第二子だが、秀吉の養子になっており、秀頼には義理の兄となる。秀頼に対してはいつも好意をもっているし、したがって、景勝とは、今こそ敵味方には別れてはいるが、以前から親密な仲だ。

七月はじめ、その秀康から景勝のところに、使者がきた。

「関ガ原の一戦に、全国の敵方ことごとく降参したるうち、景勝殿ただひとり、いささかもひるまず、四方の敵を受けて、去年よりこの七月に至るまで、たびたびの勝利を得られしこと、まことに英傑謙信公の跡に恥じぬ。さりながら、もはや、天下の大勢は定まっている。長年の戦乱ようやく収まって、天下の庶民安堵せんとするおりから、このうえの干戈に訴えるのは、景勝殿の本意ではあるまい。秀頼公の御ためにも、この際、和平に応じてはいかに」

この使者を迎えて、会津城内で、大評定が開かれた。

さすがにもう、天下を相手にして勝利を得る自信をもっている者はひとりもいない。

ただ、いさぎよく家康の軍を迎えて戦い、上杉一家をあげて滅びるか、上杉家の社稷を保つため、涙をのんでくだるか、いずれか一つである。

激論は三日にわたってつづいたが、ついに、景勝と直江とが協議して、最後の断をくだした。

「謙信公以来の名誉ある上杉家を、全く滅亡させてしまうことは許されぬ。この際、忍びがたきを忍んで、将来の再起を図ることとしよう」

憤怒のうめきと、すすり泣きとが、広間を大波のようにひたした。

この間、一言も発せず、扇子をひざにつきたてて瞑目していた慶二郎は、退城のまぎわに、山城守によびとめられた。

「どう思うな、慶二郎」

と尋ねられると、ただひとこと、

「けっこうでしょう」

いつもの慶二郎とは全く別人のように、冷たい声で、冷たいひとみを光らせて、言い放つと、あとをもみずに退出していった。

八月、景勝上洛して、伏見で家康と会見し、降を請う。家康は景勝の会津領百五十万石を取りあげ、改めて、その中の米沢三十二万石を、与えた。

※　※　※

「小夜、浪人するぞ」

屋敷に戻ってきた慶二郎が、いう。

「あっ、降参に決まったのでございますか」

さすがは慶二郎の妻、わかりが早い。

「うむ、見そこなった。頼むべからざる人をあるじと頼んだよ」

「でも、殿さまとしては、元来ご養嗣(ようし)の身、上杉家をつぶすことはできますまい」

「――と、皆がいうのだ。だが、それならはじめから、天下とりの大ばくちなど打たぬがよい」

「でも――」

「よし、よし、もう何もいうな。浪人暮らしも楽しいものだ。大二郎と三人で、のんびりと暮らそう」

会津百五十万石から、米沢三十二万石へと領地が五分の一になったのだから、とても今までどおりの家臣を使っているわけにはいかぬ。

新参の家臣は、いずれも暇を出されたし、古くからの家臣も知行は五分の一、十分の一に減らされてしまった。直江山城も、旧三十二万石が六万石になった。

慶二郎は上杉家としては新参者だから、もちろん、暇を出される組だが、直江

が景勝に話して、なんとかして上杉家にとどめおきたいと考えて
「慶二郎、どうだ、千石でがまんして、仕えてくれぬか」

と持ちかけたが、

「いや、わたしは、新参者、お暇をください」

あっさりと断わって、会津城外の法音寺の離れに引き込み、越後以来のなじみ頑鉄和尚や発心和尚と、毎日、碁を打って暮らしている。

ところが、慶二郎が、浪人したと聞いた天下の諸大名、すてではおかない。

慶二郎にさんざん悩まされた相手の伊達政宗、上杉に代わって会津を領した蒲生秀行、和平の仲介をつとめた結城秀康などをはじめ、諸々ほうぼうから、

「旧知五千石を出すからきてくれ」

「七千石ではどうだ」

「当藩では、一万石」

と、毎日のように誘いがくる。

「かたじけない次第だが、わたしには勤める気がありません」

とつっぱねると、決まって、

「――されば、禄高が不足でござるか」

とくる。めんどうくさくなって、

「はあ、禄高も不足です」

「では、どれほどなれば、よろしゅうござるか」

「されば、まず、少なくも十万石」

「へっ、十万石」

肝をつぶして帰っていってしまう。

「慶二郎、十万石とは吹いたな」

「はは、何の十万石ぐらい」

不敵な笑いをもらす。なるほど、一つちがえば、加賀百万石の当主になってい
たかもしれぬ男だ。血筋は争えぬと、頑鉄和尚も、心の中に、うなずいた時、

「わたしには、何十万石にも代えられぬ宝があります」

といって、慶二郎が、つかの間もそばを離さぬ大二郎の寝顔をのぞき込んだ。

「はは、慶二郎、だいぶしおらしいことをいうようになったな。女とばくちと酒の申し子のようじゃったおまえも、どうやら、年をとったな」

「はは、一生一度の大ばくちに負けたものですから、もうばくちは打ちたくはありません。女も、おまあに会ってから、とんと魅力がなくなりました」

「酒だけか、あとは」

「されば、酒だけは、まだまだ、命のあるかぎり、飲みたいと思っていますが、浪人暮らしでは、金がつづきそうもありません」

「あ、そのことだ。おまえの酒代として、おまえの生きているかぎり、年五百俵を送るというてきた仁がある」

「だれですかな、変わった人だ」

「わしも知らん、上杉か、直江か——どちらかだろう」

「ははあ」

「どうだ、慶二郎、貰っておくか」

「せっかくだ、貰いましょう。一粒のこさず酒にかえて、のみ上げてやりましょう——小夜、これから酒代だけは心配いらぬぞ」

慶二郎が奥に向かってどなると、その声に驚いて、赤子がわっと泣きだした。

本作品中に差別的ともとられかねない表現が見られますが、著者がすでに故人であることと作品の文学性・芸術性に鑑み、原文のままとしました。

（春陽堂書店編集部）

『傍若無人剣』覚え書き

初刊本　浪速書房　昭和33年8月

再刊本　春陽堂書店〈春陽文庫〉　昭和35年11月

河出書房新社〈河出文庫〉　昭和61年8月　※「手裏剣を打つ娘」を併録

双葉社〈双葉文庫〉　平成3年5月　※「隠密大坂城」「恋風戦国武者」を併録

春陽堂書店〈春陽文庫〉　平成10年10月

（編集協力・日下三蔵）

春陽文庫

# 傍若無人剣

2023年5月20日　新装改訂版第1刷　発行

著者　南條範夫
発行者　伊藤良則
発行所　株式会社 春陽堂書店
〒一〇四―〇〇六一
東京都中央区銀座三―一〇―九
KEC銀座ビル
電話〇三（六二六四）〇八五五（代）
印刷・製本　ラン印刷社



定価はカバーに明記してあります。

ISBN978-4-394-90445-8　C0193